GOBOOKS
& SITAK
GROUP©

GOBOOKS
& SITAK
GROUP©

三日月書版

三日月書版

我準是在地獄
4
YY的劣
illust / m
KEEP OUT
きっと地獄にいます
IT MUST BE HELL
三日月書版
輕世代 BL036

我準是在地獄

IT MUST BE HELL

CONTENTS

IT MUST BE H

私はきっと地獄にいます

第五十三章　消失的三小時（一）　011
第五十四章　消失的三小時（二）　025
第五十五章　消失的三小時（三）　037
第五十六章　消失的三小時（四）　049
第五十七章　消失的三小時（五）　061
第五十八章　消失的三小時（六）　075
第五十九章　消失的三小時（七）　087
第六十章　消失的三小時（八）　097
第六十一章　消失的三小時（九）　107
第六十二章　消失的三小時（十）　119
第六十三章　消失的三小時（十一）　129
第六十四章　消失的三小時（十二）　141
第六十五章　消失的三小時（十三）　153
第六十六章　終章（一）　163
第六十七章　終章（二）　177
第六十八章　終章（三）　189
第六十九章　終章（四）　201
第七十章　終章（五）　213

CHARACTERS FILE

私はきっと地獄にいます

寧蕭

人物介紹

皮膚白皙，娃娃臉。
二流偵探小說家，嗜吃如命，大部分時間很冷靜也很懶散，遇到案件時會變得偏執，不服輸。身手不錯，智商很高，有被自己壓抑住的反社會人格。

IT MUST BE HELL

CHARACTERS FILE

徐尚羽

人物介紹

高大俊朗，幽默風趣。
身為刑警隊長，常常讓人搞不懂在想甚麼，但處理案件時總有種信手拈來的自信，十分受到下屬信賴。堅持凶手應被法律制裁，在寧蕭衝動時提醒他冷靜。

私きっと地獄にいます

IT MUST BE HELL

第五十三章

消失的三小時（一）

I T M U S T B E H E L L

在他朦朧的幼年記憶中，隱約記得一張模糊的臉——他的養母。

那是一個平凡地忙於生計的女人，從他有記憶以來她總是在外奔波，很少待在家。他常常獨自在屋裡等到深夜，才會聽到門鎖打開的聲音，然後是養母拖遝而又疲憊的腳步聲。

那時的他，總會提起精神迎上前，擺出笑臉迎接她回家。

記憶中他們生活拮据，並且經常要搬家，因此他幾乎沒什麼結識同齡玩伴的機會。沒有要上學的時間，他就會待在家裡一整天。而且，養母也不許他外出。每次逼不得已要帶他出門，養母總會將他包得嚴嚴實實，深怕被旁人看見一樣。

年紀還很小的時候，他並不明白她這樣做的原因。然而有一次，他卻意外聽到了養母和房東的爭執。

「你們這樣的人不能住在這裡，會破壞我的名聲！」

「我們什麼都沒做，我只是帶著孩子在這裡打工，不會做什麼的。」

「說得好聽，可妳帶的這孩子，他父母做了那種天怒人怨的事，被人知道你們住在我這裡的話，誰還敢租我的房子？不行不行，你們明天就給我搬走！」

「……他只是個孩子，他爸媽做的事和他無關！」

「還是流著一樣的血啊！誰知道這小孩以後會不會殺人放火？總之明天你們就搬出去，不然我就打電話報警了！」

對話最後，他只能從門縫裡看到養母那傴僂孱弱的背影，還有房東離開後她壓抑的哭泣聲。

從那時開始，他明白了。

他們之所以要過這種四處躲避的生活，之所以他不能出門，原因都在自己身上。因為他不是好孩子，他身上流著不乾淨的血。

這一切，都怪自己。

那天偷聽到的一番對話，在不滿四歲的孩子心裡深深地刻下了痕跡。從此以後他們頻繁地搬家，養母依舊到處打工維持生活，一旦被人發現身分，又要帶著孩子逃到下一個地方去。

在這段過程中，他陸陸續續地聽到了人們的議論。

「長得和他媽幾乎一模一樣，這種小孩從根本就壞了，以後肯定也不是什麼好人。」

「是啊是啊，畢竟他身上留著殺人犯的血！」

「當時應該要墮胎的。」

「殺人犯沒有資格生孩子，殺人犯的小孩沒有資格活下去！」

當時年幼的他並不了解「殺人犯」一詞的真正含義，只知道那應該不是什麼好稱呼。而他與養母在又一次被人趕出租屋處，他們在寒風中顫抖時，他終於忍不住問了出口。

「因為我是壞小孩，所以他們總是趕我們走嗎？」

養母只是緊抱著他，沒有回答。

「既然這樣，那媽媽妳就丟下我吧，這樣那些人就不會再趕媽媽出來了。」他用小手抱著唯一能溫暖他的人，靠在她身上，輕輕道：「我不生妳的氣，妳把我丟到孤兒院裡去吧。」

當時她是怎麼回答的？他已經記不太清楚了。唯一有印象的，就是在寒風中緊摟住自己的一雙手臂。

漫漫長夜中，唯一能溫暖彼此的，只有兩人相依為命的溫度。

之後兩人又東奔西跑地過了幾年，直到某一年秋天，他才結束了這種逃亡生活，起因是養母的死亡。

死因是在高壓環境下連續工作，不堪重負而導致心肌梗塞。在那之後，世上唯一能溫暖他的手也變得冰冷了，他似乎註定要孤獨一人……

就在即將被送去孤兒院時，有一個陌生人出現在他面前。

「我家裡有很多好吃的喔，要跟我回家嗎？」

男人蹲在他面前，說出像是誘拐犯一樣的話。

「你會把我趕出來嗎？他們都說我是殺人犯的孩子，我以後也可能會變成殺人犯，你不怕嗎？大家都怕殺人犯，和我在一起的話他們也會把你趕走的。」

「不會的。」大手揉著他的腦袋，他聽見一個爽朗的笑聲，「如果你相信我，我會一直保護你，只要我有一口飯吃，你就不用擔心挨餓。而且我也不怕殺人犯，來一個我抓一個。」

他不怕耶，聽起來好像很厲害。

「那我以後也可以抓殺人犯，成為像你這樣的人嗎？」

說話的男人一愣，接著哈哈大笑，「可以啊，只要你想。」

如果能成為大叔這樣的人，是不是以後不會再有人怕他了？是不是就能夠不再讓重要的人因為自己而流離失所？

直到很久以後他才知道，他的養母——他母親的遠房表妹——在那個年代是背負著多大的壓力在撫養他，直到死前也沒有放棄；而他的養父——一個員警，又承受了多大的壓力與目光，才能收養一個殺人犯的孩子。

自那時開始他就下定決心，即便無法選擇出生，即使身上背負著「原罪」，他也想成為養母、養父那樣可以保護別人的人。

他要去保護自己重要的人，不讓他們受到任何傷害，就像是——

「徐尚羽，起床。」

就像是——

「徐尚羽！」

好吵。

「三秒鐘之內再不起床，後果自負！一、二……」

三！

猛地睜開眼，徐尚羽就看到寧蕭那張無情的臉。他手裡還拿著一盆冷水，嘴角噙著一絲微笑。

「很及時。」放下水盆，寧蕭滿意地道，「不用浪費水。」

徐尚羽揉著發疼的太陽穴，努力讓自己清醒過來。

他從床上坐起身，看了眼床頭櫃上的鬧鐘，很是無奈道，「現在才六點，你這麼早叫我起來幹嘛？」

「我調查到一些關於赫野的消息，一會需要你陪我出去一趟。」寧蕭道，「對了，早餐還沒做，材料我放在廚房裡，麻煩你了。」

不僅要當司機，還要兼職廚師。徐尚羽微微嘆了口氣，「你這麼使喚我就不會內疚嗎？」

「不會。」

「那我就沒有報酬嗎？」徐尚羽試探著問，「好歹我也任勞任怨地服務了你這麼久。」

「我幫你找兒子，你還敢跟我要報酬？」寧蕭白了他一眼，「張瑋瑋聽到一定會很傷心，你這個無良的收養人。另外，我上次麻煩季語秋幫忙檢驗，他昨天來催檢驗費，我的薪水暫時還沒入帳，你先幫我墊吧。」

這完全不是詢問的口氣，而是先斬後奏。

徐尚羽看著一點都不把自己當外人的寧蕭，心裡有種欣慰和沮喪共存的奇妙感受。欣慰的是寧蕭不把他當外人，沮喪的是寧蕭也一點沒有把他當做另一半的意思。

最過分的是同居開始後，寧蕭常穿著一件四角褲在房子裡走動，完全將一個曾經對他表白的同性當成隱形人。偏偏，自己還真的不能做些什麼。看得到卻吃不到，對於一個生理正常的男人來說，是種多大的折磨啊！

「快點去做早餐啦。」

說完想說的話，穿著短褲背心的寧蕭就要動手揍人了。

徐尚羽坐在床上，眼睛盯著對方外露的腰部曲線。心想，反正光用看的不犯法，寧蕭要是再這麼逼自己，就別怪他不留情了，哼哼！

「徐尚羽，早餐！」

徐尚羽一回神，原來對方早就離開他房間了，正在房外催促著。

「來了啦。」他長嘆一聲，掃去腦中諸多旖念，認命地去做早餐。

二十年前的自己一定想不到，所謂保護重要的人，也不過是幫他做牛做馬而已。

想像跟現實果然是有差距的。

吃早餐的時候，寧蕭手裡還拿著一疊資料。自從上回的誘捕行動失敗再次讓赫野逃跑後，寧蕭就開始有點走火入魔了。一天到晚基本都在查資料，還總是拿一些莫名其妙的東西去讓季語秋鑒定。

至於本職工作——寫小說——倒是被他拋到腦後了。

徐尚羽明白他的心急，畢竟張瑋瑋在他們面前被赫野帶走，只要一天找不回小孩，寧蕭就一天不能心安。不過這種狀態真的有點誇張了，身為小孩的正式監護人，徐尚羽認為自己需要發表一下意見。

「咳咳……」他咳了兩聲，見寧蕭放下書看過來，便道：「其實關於瑋瑋的事……」

話才開了頭，手機就忙不迭地響了起來。徐尚羽只能說聲抱歉，起身到外面接電話。

寧蕭吃了一個荷包蛋，喝了半碗豆漿，順便再吃了兩個包子，再抬起頭時徐尚羽還在講電話。他心裡納悶，什麼事要說這麼久？如果是公務，應該三言兩語就能解決了才對。

看來這通電話不是公務，應該是徐尚羽的私事。

寧蕭打量著陽臺上徐尚羽皺起的眉頭，悄悄放下碗，側耳傾聽。

「……今天？」

「好的，什麼時候？」

「我知道了，我會準時抵達。」

「謝謝。」

聽對話內容，似乎是有客人要來，需要徐尚羽去某個地方接人。但是看他的表情又十分嚴肅，感覺不是一般的客人。

結束這通電話後，徐尚羽的心情似乎略有轉變，像是有心事。之前準備和寧蕭討論的話題，也早就被他忘到十萬八千里外了。

寧蕭倒是不介意，只是相當好奇……能讓徐尚羽露出這種表情的人，究竟是誰？

兩人用完早餐，一起出門。寧蕭坐進副駕駛座，看了他一眼。

「你不是要出去接人嗎？」

「不是現在。」徐尚羽頓了一下。「關於這件事，寧蕭，我得先跟你說一聲……」

很不巧，手機鈴聲再次響起，又打斷了兩人的談話。不過這一次並不是私人手機，而是公務手機響了。

一聽見這個聲音，徐尚羽立刻接起。

「什麼事？」

聽著手機那邊的聲音，他的臉色漸漸嚴肅起來。不一會掛斷電話，徐尚羽神色嚴肅道：「抱歉，恐怕不能先送你了，我要去一趟臨江大道。」

「出了什麼事？」

「早上散步的老人在河堤上發現一具男屍。」徐尚羽道：「是今天早上剛被沖上岸的。」

第五十四章

消失的三小時（二）

IT MUST BE HELL

徐尚羽抵達臨江大道時，已經早上八點了。

兩人下了車，遠遠就看到河堤邊圍了一群人，路人圍在警方的警戒線外，對著裡面指指點點。

「借過一下。」

徐尚羽好不容易擠開人群，帶著寧蕭進到了最裡面。

「隊長，你終於來了！」

執勤的陸飛看到徐尚羽就像是看到了救星，連忙飛撲上來。徐尚羽一把攔住他，用手抵著這傢伙的臉。

「情況怎麼樣？」

「死者的身分還不清楚，具體檢查要等法醫驗過才能判斷。」

陸飛從徐尚羽的魔爪下救下自己的臉，道：「不過從屍體的外觀看，在水裡泡了起碼一個禮拜了。身上也沒有傷痕與搏鬥痕跡，自殺的可能性比較大，當然也不能排除凶殺的可能性。」

徐尚羽點了點頭。「我去看看。」

陸飛連忙跟在他身後，可腳步一頓，又看向落後一步的寧蕭。

「寧顧問。」他勾上寧蕭的肩膀。「上次你真的是紅了一波。怎麼樣，最近有沒有人去採訪你？」

「上次？」寧蕭疑惑。「什麼事？」

「就是上回你和隊長祕密執行任務那次。後來有網友出來爆料說，是你成功救下了十幾個人，還逮捕了真凶。現在人們都喊你為現代名偵探，各種吹捧你。」

寧蕭聞言皺眉。「什麼時候的事？」

陸飛一愣。「你真的不知道？」見寧蕭的吃驚不像作假，連忙解釋道：「這消息一開始是從一家網路媒體爆出來的，聽說是一個親歷現場的實習記者親口訴說，後來被電視媒體轉載，現在很多人都知道你的事了。聽說有的媒體還搜集了你之前參與的案件資料，準備做個專題報導……這些事你都沒聽說？」

寧蕭沉默了。

從白鷺山莊回來後，他就一直忙著查關於赫野的線索。再加上小說斷更，為了不被編輯奪命連環 call，他早就關了網路，不登入任何通訊軟體。對於自己成為熱門新聞這件事，他真的毫不知情。

說話間，兩人已經走到了河堤邊，陸飛連忙收起閒話心思，忙碌起來。寧蕭的思緒還停留在剛才的話題上，對於媒體的過度關注，他隱隱覺得事情並沒有那麼簡單。還沒來得及深想，他便被放在岸邊的無名屍體吸引了注意力。

為了不造成二次破壞，刑警們已將屍體做了初步處理。徐尚羽正蹲在屍體旁仔細觀察著什麼。寧蕭走近時，他頭也不抬道：「你怎麼看？」

寧蕭略作打量。「看穿著應該是一名年輕女性，她身上有哪些隨身物品？」

「口袋裡找到了一支口紅，還有五百元現金。身上沒有證件，暫時還無法確定身分。」徐尚羽道：「只能調查一下最近一週的失蹤人口，看看有沒有線索了……不過死亡原因可以肯定，是溺死。」

寧蕭看著那具女屍，她的皮膚過度浸水，已經呈現出褶皺、發白的跡象，鼻喉間不時還有帶著血絲的泡沫溢出，逐漸在臉部風乾；再看她的四肢，手足上大量角質脫落，看起來就像是套上了一層變質的手套和腳套。

寧蕭蹲下身，輕輕抬起死者的右手觀察。

死者是一位注重儀表的女性，指甲剪得很短，指縫間幾乎沒有汙垢。他正要抬手再去查看死者的喉部時，一隻手用力地止住了他的動作，力道大得令人發痛。

寧蕭抬頭，阻止他的人是一名陌生刑警。這個人看起來三十出頭，面容冷峻，眼睛瞇成一條細縫，冷厲的目光從這狹縫間投射出來。

「你是法醫？」對方問，聲音聽起來很冷漠。

「不是。」

「那麼請你注意自己的行為，不要隨意觸碰屍體。」陌生的刑警鬆開了手，「要是因此給後續調查帶來困擾，後果誰都負不起。」他說完又看向徐尚羽，雖然沒有用語言表示什麼，眼神裡卻流露出一股譴責。

為什麼要把一個無關人士帶到現場？

寧蕭相信自己看懂了他眼神中的意思，幾乎是下意識地為徐尚羽辯解道：「他負責保護我，在出門時接到了緊急命令，才一起過來的。」

聽見他這句話，這位刑警目光再次偏移，看向寧蕭。他眼中閃過了然，表情卻變得更加戲謔。

「所以說……你就是那個顧問？媒體上一天到晚在吹噓的神探？」

話裡的冷嘲熱諷，毫不遮掩地呈現了出來。

寧蕭不由皺眉，自己什麼時候得罪過這個傢伙嗎？總覺得他對自己沒什麼好感。

「邢隊長。」關鍵時刻，還是徐尚羽出來打了圓場。「這位的確是新進的顧問，幫助我們破獲了許多案件。寧蕭，這位是邢峰隊長，是刑警一隊的隊長，也是我的前輩。」

原來是傳說中精英一隊的隊長，怪不得架子那麼大。看在徐尚羽的面子上，寧蕭伸手和對方打招呼。「你好。」

然而，邢峰卻沒有回握，而是繼續用那不帶溫度的目光打量著寧蕭。

「破獲了許多案件？」邢峰重複著徐尚羽的話，「看來你的確是很有能力的人。不過據我所知，你參與的每一個案件都和通緝在案的赫野有關，這……只是巧合嗎？」

此話一出，連徐尚羽的表情都冷了下來。

「邢隊長，你這是什麼意思？」

邢峰淡淡道：「沒什麼。」他像是不再想與兩人多談，轉身和一邊的刑警談論起案件進展。

「你不要介意。」徐尚羽嘆了口氣，安慰寧蕭道：「邢隊長只是比較警惕，並不是對你有惡意。」

惡意？寧蕭心想，那位邢隊長對自己懷有的根本不是惡意，而是直接把自己當成嫌疑人來看了！那冷漠懷疑的視線，完全就是看一個嫌疑分子時的態度。

仔細想想，他和徐尚羽第一次見面時也是類似情況，那時在徐尚羽眼中自己也是這麼可疑嗎？寧蕭想著，轉身看了身旁的人一眼。

徐尚羽見他看來，表情放鬆，露出十分自然的一個笑容。而當初寧蕭被當成嫌疑人時，他還記得徐尚羽的笑總是不冷不淡，看起來就像是一張假臉。誰會知道，後來他們會發展成同居關係呢？

「查出屍源……」

正想的出神時，寧蕭隱約聽到邢峰在那邊吩咐手下的刑警。

「聯絡附近縣市的警察局，比對一下近期的失蹤人口。」談公事時，邢峰的表情比剛才更加冷硬。

如果說徐尚羽是笑面虎，這個人完全就是個閻魔王。

「至於你們。」邢閻王對手下交代完命令，又轉過身看向兩人。「徐尚羽，既然你是奉命保護他，現在就帶他回警隊去吧。我可不想在辦案的時候，還要分神照顧你們。」

「可是……」

「沒什麼可是，這裡有我在，去忙你自己的事吧。」

邢峰說話真是毫不留情，徐尚羽無法，只能帶著寧蕭離開。就在轉身離開時，寧蕭出於某種心態，故意留下了一句話。

「邢隊長。」他說：「比起聯絡外地警局，我建議你回去好好調查一下本市的失蹤人口。」

說完不等邢峰反應過來，寧蕭就跟著徐尚羽上車走人。

徐尚羽開車開了一段距離，突然笑出聲來。

「你可是第一個讓老邢吃癟的人。」

寧蕭回道：「難道你沒有和他對著幹過？」徐尚羽在警隊的魔王口碑可是家喻戶曉，自己可不相信他會這麼純良。

「怎麼說好呢……雖然邢隊脾氣不好，但是我剛進隊時就在他手下做事，總不好對前輩使壞吧。」徐尚羽頓了一頓。「其實他只是看起來冷酷了一些，說話又很直，你不要想太多。」

聽到徐尚羽為邢峰說好話，寧蕭心裡就有點不太舒服。

「你和他很熟？」

說出這句話，寧蕭幾乎想呼自己一巴掌了。

這話問的太不經大腦了，徐尚羽都說他是邢峰以前的隊員了，能不熟嗎？就算沒有這層關係，徐尚羽在警隊待了這麼久，他和裡面任何一名員警的關係也都比和自己熟啊。剛才問出的那句話，不僅沒邏輯，聽起來簡直像在吃醋一樣。

寧蕭看著車窗外的後照鏡，慶幸自己臉皮厚，否則早就羞恥得臉紅了。

徐尚羽不知有沒有發現寧蕭話裡微微的醋意，他只是笑了一笑，然後問起下一個話題，這讓寧蕭鬆了一口氣。

「你剛才叫邢隊好好調查本市的失蹤人口，是有什麼線索嗎？」

寧蕭說：「只是發現了一些疑點。」

「嗯。」

「你有注意到嗎，屍體很乾淨。」寧蕭自然不是指一般意義上的乾淨，而是相對於其他浮屍來說，這具無名女屍太過乾淨了。

「身上沒有沾上水底的水草和淤泥，就連指縫裡也沒有泥沙。」寧蕭說：「一般跳水自殺或是被推到河裡的人，在沉入水底後又經過一段時間的漂浮，屍體上總會帶有淤泥和水底髒汙。」

這說明什麼？

徐尚羽腦筋轉得快，很快反應過來。「她不是在河裡遇難的！」

寧蕭點頭。「在河中溺死的人，無論是自殺還是被人推下水，都不可能沒沾到半點淤泥。她看起來不像是在水裡浸泡了這麼久，而是——」

兩人對視一眼，腦中同時浮上一種可能。

先被殺害再投入河中。

並且，屍體在水中浸泡的時間一定不能過長，不然也會染上泥沙和髒汙。

「也就是說，死者是被人在岸上殺害的。」徐尚羽分析道。

「不僅如此。」寧蕭道：「她還被放在水中泡了很多天，才能偽裝成在河裡漂浮多日的模樣。」

一個年輕女孩在被人殘忍地殺害後，又被浸泡在水中，一點一點地浮腫腐爛，整個人漸漸失去人型。而凶手就一直等待著這個過程進行，然後有條不紊地將屍體投入河中。看著同類的屍體變質腐爛，並且過程中始終保持著理性，這完全背離了人類的本性，是誰能做到這種地步？

「心理異常的人。」寧蕭道：「俗稱變態。」

第五十五章

消失的三小時（三）

IT MUST BE HELL

滴答、滴答、滴答……

空曠的屋內傳來水滴落地聲，以某種節奏重複著，衝進耳膜。

滴……

在沒有其他聲音的寂靜空間裡，水滴聲被無限放大，空靈悠遠，像是來自另一個世界。

答……

不斷地侵入心裡，奪走人的神智。

在這猶如咒語的水滴聲中，一個人盤腿坐在屋子正中央地上，眼睛瀏覽著電腦螢幕上一排排的資訊。螢幕發出的藍光映在他臉上，襯得皮膚更加慘白，也顯得嘴角笑容越發詭異。

突然，手機鈴聲響起，打斷水滴的節奏。

屋中人看了眼來電顯示，嘴角笑意更甚。

「喂？」

「不，沒有商量的餘地。如果你拒絕，後果如何……你會知道的。」

「請在明天中午準時抵達。」

接著不顧對方抗議的聲音，掛斷了電話。

屋中人呆愣地看著電腦螢幕，須臾，爆出發狂的笑聲。那笑聲中摻雜著快意、仇恨，和某種囂張的愉悅。好像剛才那通簡短的電話，帶給他極大的滿足。

在越發癲狂的笑聲中，幾乎難以捕捉到水滴的聲音。然而它並沒有消失，而是潛藏在這笑聲中，無時無刻不彰顯著自己的存在。

滴、答。

如同咒語一般。

因為被早上的事情耽擱，寧蕭和徐尚羽趕到警隊時已經將近十點了，兩人便各自去忙自己的事。等到中午十二點，正待在季語秋辦公室的寧蕭，突然接到了徐尚羽的電話。

他只能和正在談話的季語秋舉手示意了一下，接通來電。

「什麼事？」

「沒，我只是想問你，中午想吃什麼？」電話那邊，徐尚羽的聲音聽起來很不像本人。

「去你們警隊員工餐廳隨便點些菜好了。」寧蕭回答，他一直對這裡的員工餐十分滿意。

然而話說出口不到一秒鐘，便聽見徐尚羽略帶調侃的笑聲。

「很抱歉，看來今天你不能得償所願了。」徐尚羽說：「員餐的瓦斯爐壞了還沒修好，所以大家要出去吃。」

這真不是個好消息，寧蕭微微皺眉。

電話那端的徐尚羽似乎能理解他的心情，笑道：「我想不僅你難過，王阿姨也會很遺憾失去這次與你暢談的機會。」

王阿姨，是員工餐廳的廚師，今年四十三歲。自從寧蕭開始到警隊員工餐廳用餐後，王阿姨就與寧蕭保持著深厚的情誼，為外人所不能理解。徐尚羽平常沒少為這事抗議，今天終於找到反擊的機會了。

寧蕭只聽見對方幸災樂禍的聲音。

「既然不能和王阿姨約會，那麼中午跟我一起出去吃吧。」徐尚羽誘惑道：「和文路新開了一家川菜餐廳，口碑不錯。」

聽見這句話，寧蕭食指動了動，轉頭看向季語秋。

季法醫笑道：「不要在意我，我中午和組裡其他人一起吃。」

於是，寧蕭便答應了徐尚羽的邀約。

「五分鐘後門口見。」

他掛斷電話，蓋上手中的資料，對季語秋道：「那就麻煩你了，我先走一步。」

「等等！」在他出門前，季語秋喊住了他。「最近你一直在調查過去幾年自殺者的屍檢報告，你還是在針對赫野吧？」

寧蕭沒有回答。

季語秋看著他的視線更顯嚴厲。「為什麼不跟徐尚羽說這件事？難道你想單槍匹馬跟赫野對峙？」

「事情還沒有定論。」寧蕭道：「我只是在尋找線索，而且徐尚羽也有自己的工作要做。」

「為什麼偏偏要調查這幾年的自殺者？」季語秋問。

寧蕭向外走的腳步頓了一下，停下來道：「知道『曼森家族』嗎？」

季語秋一愣：「那個美國的……」

「說是家族，不如說是邪教組織。」寧蕭說：「教主查理斯．曼森憑藉著他的個人魅力，吸引了許多年輕人為他赴湯蹈火。殺人、強姦、滅門、虐殺孕婦……曼森和他手下的年輕人犯下了許多起慘絕人寰的命案，可以說是無惡不作。但是凶手們自己來看，他們所做的一切都是為了愛與自由。」

「那些年輕人被曼森洗腦，心甘情願為他賣命，奉他為神。而他在被捕之後，卻因為證據不足，以及當地法律禁止死刑的關係，這個手中有著近百條人命的『神』至今還在美國監獄裡活得好好的，不僅衣食無憂，甚至還有人道組織時刻關懷他的生活條件，每年更有『粉絲』寫信慰問他。而那些死去的人，卻連睜開眼的機會都沒有了。」

寧蕭轉過身，讓季語秋看清了他的眼睛，黑眸中閃爍著冰冷的光芒。

「你不覺得這很耳熟嗎？」

引誘人墮落、操縱犯罪，自身幾乎沒有實際參加任何一起凶案。被人膜拜、被人憧憬、被狂熱的粉絲稱呼為神，這些特徵都讓季語秋想起了——赫野。

他們本身都犯下了絕對無法饒恕的罪行，卻也擁有不一般的人格表現。對於崇拜黑暗、崇尚強者的人來說，赫野與查理斯．曼森都擁有掌控別人生命的力量，也有屬於自己的一套世界觀，這點吸引了大量飛蛾撲火的信徒。

為此，他們奉他為神。

更加相同的一點是，最近國內的司法改革也在提議廢除死刑。司法改革本身不是壞事，但總會讓一些不法分子有漏洞可鑽，趁機謀利。

寧蕭最後留下一句。

「我不希望最後找到證據時，已經無法將他繩之以法。」

看著大門被寧蕭用力地關上，季語秋腦中還迴盪著剛才那些話。話裡話外，都透露著寧蕭對赫野的仇恨。這僅僅是出自一個有正義感之人的憤慨，還是別有原因？

無論是哪種原因，至少可以確定一點，寧蕭與赫野之間已經勢同水火。

結束了和季語秋的談話，寧蕭心裡帶著一絲陰鬱，剛才那番談話讓他想起了一些曾經的不堪回憶。

情緒正低落時，他在出口看到了徐尚羽。

「心情不好？」

此時徐尚羽已經換上了便服，沒有穿制服時那麼瀟灑挺拔，卻顯得溫和許多。看見寧蕭走出來，他只打量了一眼就察覺到對方心情不好了。

徐尚羽讓寧蕭坐上副駕駛座，同時道：「帶你去吃頓好的，等你吃飽喝足，心情就會好了。」

寧蕭對於他的這番結論哭笑不得，卻也不打算反駁。在前往餐廳的時候，他突然想起徐尚羽早上接的那通電話。

「你今天不是要去接人嗎，還有時間陪我吃飯？」

不知是不是錯覺，寧蕭覺得徐尚羽握著方向盤的手緊了一下。

「沒事。」徐尚羽道：「約在下午，到時候我再去接她。關於這件事我也有話要跟你說，可能從今天開始，有一個人也要來住。」

「……男的女的？」

「女人。」

徐尚羽故意沒有解釋，偷偷打量著寧蕭的表情。雖然看起來和剛才沒什麼區別，但他可以清晰地判斷出，寧蕭嘴角的弧度下降了多少，這是他心情不好的徵兆。

發現寧蕭的改變後，徐尚羽心情好了許多，解釋道：「是我母親，她今天回來。」

寧蕭聽著，想到了些什麼。

自他住到徐尚羽公寓後，就沒見他與自己的母親聯絡過。與母親長期不聯絡，按徐尚羽的脾性來看這很不正常，再想到當時提及張瑋瑋身世時他的反應，寧蕭幾乎是立刻就明白了徐尚羽母親的身分。但是話到嘴邊，寧蕭還是選擇沉默。

這是徐尚羽的家事，自己無權干涉。

中午十二點半，兩人抵達那家新開的餐廳，因為人多還排了一會隊伍等位置。等到終於坐下來時，寧蕭的肚子已經咕嚕咕嚕叫了。

「點吧，我請客。」徐尚羽看出他的飢餓，遞出菜單，衣袖因為這個動作也微微地向上滑了些，露出一截手臂。

因為對坐的緣故，寧蕭依稀看見了徐尚羽的左手腕上有一道傷疤。還沒等他看清，徐尚羽已經整理好衣袖，注意到寧蕭的視線，便微笑看向他。

「怎麼了？」

「沒什麼。」

寧蕭懷疑是自己看錯，徐尚羽手腕上怎麼可能有刀疤，而且看那痕跡還是在動脈附近。一名刑警就算身上有疤痕，也不該是在那種位置，那裡更像是……

無論怎麼告誡自己，寧蕭總是忘不掉剛才那一瞥。他甚至有些後悔，平常徐尚羽調侃著要共浴時，總是被自己拒絕。早知道就答應個一次了，就可以知道那究竟是什麼的傷疤了……

出了這樣的小插曲，用餐時寧蕭有些分神，對外界缺少了警惕，也因此沒有發現這家餐廳的不對勁。

等他終於察覺時，為時已晚。
不管是因緣巧合，還是有人步步為營，他總是被帶向更壞的局面。

第五十六章

消失的三小時（四）

I T M U S T B E H E L L

尖叫聲響起時，寧蕭其實是毫無防備的。

一切都發生得太突然，讓人猝不及防。人們驚慌地哭喊著，爆炸的震裂音、迎面而來的衝擊波，一切都在幾秒內發生！剛才還在悠閒地喝茶聊天的人們，下一瞬間就墜入地獄。

就連寧蕭，有一刻也顯得茫然。

還是徐尚羽一把抓起他塞到桌底，牢牢護在身下。空氣中傳來震感，直衝耳膜，幾欲撕裂。被意外情況嚇得驚慌失措的人們四處奔跑躲避，卻引起了更大的騷亂。

哭喊、尖叫、咒罵！

原本平靜的餐廳，頓時彷彿煉獄。

好不容易等周圍安靜下來，寧蕭試著從徐尚羽的保護中觀察外面，卻發現餐廳內一片狼藉。桌椅倒了一地，餐具也散亂四處，慌亂中奔跑的人們受了不少傷，更多的是因為驚慌而相互踐踏產生的擦傷和扭傷。

剛才的爆炸聲已然消失，寧蕭看向引發異動的根源。那是一間包廂，然而它已經被炸得四分五裂了。木質隔板裂成無數小碎片，整個包廂被炸出一個大洞，裡面的景象更是不堪。一股煙燻味撲鼻而來，一些還未熄滅的火苗正灼燒著碎裂的木板。

恐怖攻擊？刑事案件？還是其他可能？

寧蕭推開徐尚羽站起身，跨過狼藉的大廳就要走向包廂。還沒等他走近，一個人卻拉住了他。是徐尚羽。

他將寧蕭拽到身後。

「我是員警。」他說，「由我負責你們的安全。」說著便不等寧蕭同意，率先向爆炸點走去。

寧蕭心裡一頓，知道他是顧及自己的安危所以才故意搶先，只好緊跟在他身後。

一進包廂，映入眼簾的是一個處在爆炸中心點的人。從那焦黑的皮膚、被撕裂的四肢來看，顯然已經不是活人了。

確定沒有危險後，徐尚羽才讓寧蕭進入。同時，他立刻打電話向局裡求援。

「阿飛，和文路發生一起爆炸事件，立刻帶人過來調查。」

「邢峰？」徐尚羽皺眉。「那就帶他一起來。」

他掛斷電話，看到寧蕭已經蹲在那個焦黑的人面前，便問：「還有救嗎？」

寧蕭搖了搖頭。

這個人在他們進來前就斷了氣，爆炸太過猛烈，連包廂外都受到了波及，更何況是爆炸中心點。他蹲下來，不是為了探這個人的呼吸，而是觀察其身上的線索。

仔細想想，先是早上的無名溺死女屍，緊跟著又是爆炸案……

寧蕭覺得這一連串事件的發生，很有可能不是巧合，而是赫野遞出的新戰書！他細細搜查著這具屍體，想從死者身上發現什麼。

屍體已經被炸得體無完膚，看不清面容，但是這並不妨礙探查身分。他看向死者的手指，即使被炸傷，仍能看出它的粗糙以及遍布的老繭。再看死者的穿著，衣料簡陋，可見生活並不富裕。

這樣的一個人，會到這家價格不便宜的餐廳來用餐，而且還在需要加價的獨立包廂裡？這個疑點讓寧蕭一下子警覺起來，他先看向已經炸毀的餐桌，再在地上四處搜尋。

「沒有。」

正亮出身分安撫外面民眾的徐尚羽，側耳聽見他這句話，問道：「什麼沒有？」

「第一，沒有食物。這人在包廂內坐了這麼久，卻一道菜都沒點。」寧蕭道：「第二，沒有爆炸物的碎片。再高科技的炸彈，爆炸後都會留下碎渣……這兩樣，這裡都沒有。」

「你怎麼知道他在包廂裡坐了很久？」

「我們來之後，這個包廂並沒有人出入，可見他一直待在裡面。」寧蕭說：「算起來也有一個小時了，他完全沒點菜，會是什麼原因呢……」

徐尚羽想了想：「他在等人？」

寧蕭點頭，「也有可能他來這裡的目的本身就不是為了吃飯，而是和人密談。」

一個經濟條件並不好的男人，卻突然來到一家高級餐廳的包廂用餐，這件事本身就不尋常。再加上現場找不到任何爆炸物碎片，為這件案子添了更多疑點。

一時間，寧蕭和徐尚羽都想起了一個人，那個人每次鬧出的事故也都是讓他們措手不及。

難道這一次，又是赫野搞的鬼嗎？

正思索間，徐尚羽的手機突然響起。他掏出來看了一下，沒有接起來，轉而發了一封簡訊過去。寧蕭這才想起徐尚羽下午是要出去接他母親的，看來時間快到了。

注意到寧蕭的視線，徐尚羽搖了搖頭。

「處理完這裡的案子我再走，可以讓她等一會。」

這樣好嗎？寧蕭心想徐尚羽和母親應該是久未見面，而且她母親很可能是剛剛刑滿釋放，將一個老人丟在監獄門口等待，似乎並不妥當。但是這終究是徐尚羽的家事，他不該管。

就在兩人沉默時，外面傳來了警笛聲，援兵來了！

一群刑警們蜂擁而入，先是封鎖現場，再讓醫護人員接走傷者。就在這期間，一個冷著臉的男人健步如飛，走向兩人所在之地。

「徐尚羽！」邢峰皺眉，視線緩緩轉向寧蕭。「又是你們！」言下之意，似乎每次遇到他們都沒好事。

其實寧蕭很想回一句彼此彼此，不過現在情況不太適合。

「這裡是怎麼回事？」邢峰用一種質問的口氣問。

寧蕭不太喜歡他的態度，於是道：「如你所見。」

邢大隊長頭上青筋突突地跳。「我問究竟發什麼了什麼事！你們早到一步，不會什麼都不知道吧？」他說著，臉色一變。「偏偏這麼巧，事發時又是你在場。」

邢峰盯著寧蕭的眼神有些不善。「難道你要說又是巧合？」

心裡知道他一直懷疑自己，寧蕭也懶得辯解，而是搬出一張椅子，站到上面四處探查。

邢峰見他不搭理自己，準備又要發怒，還好徐尚羽及時解釋。

「現場沒有發現爆炸物。」徐尚羽道：「這不是一般案件。」

邢峰一聽，眉頭皺得更緊，他看了一下寧蕭，道：「又是與那個赫野有關？」

徐尚羽搖了搖頭。「還不清楚。」但是他心底，也認為有這種可能性。一般這種疑案，都與赫野脫不了關係。

那邊，邢峰叫來餐廳的經理人開始詢問。寧蕭站在椅子上，聽見邢大隊長訓話般地詢問著，經理則是緊張到結巴。

「不不，我們不認識這個客人……」

「他早上十點鐘就來了，說是要等人又不點餐，一坐就坐了三個小時。」

「因為他已經付了包廂費用，我們也不能趕他走。」

「每個包廂我們都有專門的服務生打掃和整理，沒看見有外人進來。」

寧蕭一邊側耳聽著，一邊繼續在爆炸後的包廂內搜尋線索。突然，他的手在牆壁上某處停了下來，伸出手撚了撚，確認觸感。

彷彿像是摸到了沙粒，微微的粗糙感。

那一刻，他腦中閃過一道念頭。

寧蕭突然從椅子上跳下，嚇了所有人一跳。然而他卻沒有理睬任何人，而是環顧起整間包廂。在看到高處的通風口時，眼前一亮。接著不顧旁人詫異的眼神，半跪在地，急切地翻找著什麼。

邢峰正想上去阻止他，卻被一人攔住了。抬頭，徐尚羽正似笑非笑地望著自己。

「讓他去吧。」徐尚羽道：「他一定是發現了什麼才會這樣。」

邢峰看著翻動屍體、並對包廂進行地毯式搜查的寧蕭，微微蹙眉。「你很相信他？」

徐尚羽沒有回答，但是他的神情已經說明了一切。

邢峰盯著他，突然道：「信任人是件好事，但是你付出信任的時候，也要看對方值不值得。」言下自含深意。

徐尚羽笑道：「我就很信任邢隊，您也值得我信任。」

邢峰見他故意扯開話題，冷哼一聲沒有再說話，神情卻微微緩和了些。

徐尚羽見狀，笑而不語。

「找到了！」

寧蕭的一句話，讓兩人再次繃緊了神經。半跪在地的他站起了身，手裡緊抓著一個物品，像是得到戰利品的將軍一樣興奮。

「這是……煙頭？」徐尚羽看著那個焦黑物體，不太敢確定。

寧蕭點了點頭，又亮出另外一物，一個幾乎碎裂融化的打火機，是他在死者身邊找到的。但是香煙由於體積小又易燃，他找了半天才找到小半截。不過慶幸的是，找到的是有濾嘴的那邊。

「拿這個回去驗驗看，看上面是不是有死者的DNA。」寧蕭道。

「煙頭與爆炸有什麼關係？」

看見問話的人是邢峰，寧蕭咧了一下嘴。「邢隊長難道沒發現嗎？還要來問我這個外人？」他還記著對方早上的態度呢，簡直是睚眥必報。

「你──」

「我只是個顧問。」寧蕭淡淡道：「你也可以懷疑我是故弄玄虛，而不把煙頭送去檢驗。畢竟，我是個不值得信任的傢伙，不是嗎？」說完，瞥了一下徐尚羽。

徐尚羽腳下一趔趄，沒想到剛才的對話都被他聽進去了，還在這時候還擊，這傢伙真的是小心眼到不知道怎麼說才好。

見邢峰臉色越發難看，徐尚羽還是出來調和了。

「寧蕭，你既然這麼費力找出它，就一定有你的道理。」徐尚羽看著心裡不爽快的某作家，輕聲哄道：「我們都不及你，你就解釋一下吧。」

不知道是馬屁拍得好，還是語氣放得軟，寧蕭總算是鬆口了。

他說：「這是凶器——」

頓了頓。

「之一。」

第五十七章

消失的三小時（五）

IT MUST BE HELL

一根香煙竟然會是凶器？

雖然一般人來看簡直難以想像，但是徐尚羽和邢峰都是老刑警，再離奇的事情都見過，對此也見怪不怪了。

只是邢峰還是要求寧蕭說出更加具體的證明。

「你說香煙是凶器？」邢峰道：「具體理由呢？」

寧蕭抬頭看了下他，突然伸出手。

這是要握手？邢峰僵了一下，隨即想起早上眼前這人與自己打招呼卻被自己刻意忽視，難道他現在是故意報復，試圖讓自己難堪？

面子上雖然有些過不去，邢峰還是伸出手，算是盡釋前嫌。

誰知寧蕭根本沒有與他握手的意思，只是輕輕抓了一下，把手上的汙垢都擦在邢隊長的手背上。

「你——」

眼看邢峰就要生氣，寧蕭不鹹不淡地回了句。「證據交給你了，接下來就期待你們的辦案能力了，邢隊長。」說完就逕自離開，看都沒看兩人一眼。

徐尚羽忍著笑，看向被寧蕭擺了一道的邢峰，卻意外地發現他的臉色已經不那麼難看。相反，邢隊長正仔細看著自己的手背，那專注的神情，好像手背上雕了花一樣。

「怎麼了？」徐尚羽問。

「這個……」邢峰伸出另一隻手，捏了捏自己手背上被寧蕭蹭上的汙垢，神色變得十分嚴肅。他轉身看向徐尚羽：「這不是一場簡單的刑事案件——而是一場精心計畫的蓄意謀殺！」

徐尚羽臉色隨之一變。

幾分鐘後，刑警們封鎖了餐廳，受傷的民眾們已經分別送去醫院，而餐廳裡沒有受傷的工作人員則在接受偵訊中。

寧蕭坐在餐廳裡喝著水，看著徐尚羽跑來跑去，忙得連喘口氣的功夫都沒有。他看了下手表，微微皺眉。

「寧蕭。」

正在此時，卻有人先一步找來，是邢峰。

他小心翼翼地讓隊員們蒐集證據，一絲都不放過，包括他手上那些焦黑的粉末，也請鑑識小組刮了下來，小心地收在一起。

邢峰一邊擦著手，一邊走向兩人。寧蕭還以為他又要說些什麼不中聽的話，誰知對方一開口就嚇了他一跳。

「早上的事，我跟你道歉。」

寧蕭放下茶杯，看向說話的邢峰。

邢峰此時表情很嚴肅，語氣也很認真，沒有一點敷衍的樣子。

他說：「初見你的時候，因為一些不好的傳言，對你產生了一些偏見，對不起。我在此反省自己，不該憑流言去揣測一個人。」他看向寧蕭，伸出手。「這次的事，多謝你幫忙。」

對方態度這麼誠懇，寧蕭也有些意外。

「沒什麼。」他伸出手，與邢峰一握住，摸到的是邢隊長手心的各種老繭和傷痕，應該都是在工作中造成的。

看來這位邢隊長真的如徐尚羽所說，是個面冷心熱的人。至少敢於如此坦率地承認自己錯誤的人，已經不多見了。

「我比較好奇的是，邢隊長究竟是聽信了什麼流言才會對我產生誤解。」

一聽見寧蕭問這句話，邢峰的臉上就有些尷尬。

「就是一些說你協助警方破獲了幾起大案的流言，沒什麼別的了。」

話雖如此，寧蕭知道內情肯定不單純。媒體在大肆渲染自己在破案中的功勞，肯定就免不了抹黑警方。這麼一想，身為刑警的邢峰會不高興也是自然。

「我只是提出了一些意見。」寧蕭真誠道：「很多事情，如果不是由你們警方的專門人員來做的話，也無法破案。邢隊長不必太在意。」

邢峰連連點頭，心裡對寧蕭的感覺又好了不少。

「對了。」邢峰想起一件事。「你怎麼發現犯人是用這種爆炸物的？」他指了指鑑識人員收起的物證。「一般人應該不會想到。」

「細節。」寧蕭道：「那間包廂空間狹小、密閉，還有排氣扇，這些足夠成為爆炸的先決條件了。而且這間餐廳來往人員頻繁，只要犯人有心利用，可以做手腳也不被人發現。這些只是我的一些淺薄經驗而已，不算什麼。」

說起來簡單，但是能想到的人絕對寥寥無幾。邢峰看了寧蕭一眼，沒有繼續追問，而是道：「時間不早了，你如果要回去的話，我可以派人送你。」

寧蕭放下杯子，微微一笑。

「派誰都可以嗎？」

半分鐘後，還在忙碌中的徐尚羽被推到寧蕭面前。

「有事？」他手裡還拿著做筆錄的筆，來不及放下就被喊了過來。

「有事。」邢峰朝他揮了揮手。「你別在這裡添亂了，我們這麼多人不缺你一個，趕緊送寧顧問回警隊去。」

徐尚羽眉毛一挑，看向寧蕭。好啊，沒幾分鐘就從相看兩厭變成寧顧問了，本事不小嘛。

寧蕭回以一笑。

「不要忘記你中午還有事，徐警官。」

聞言，徐尚羽才想起自己中午還要去接人。先不論是有意還是無意，他確實把這件事拋到了腦後。

那邊廂，邢峰已經在不耐煩地趕人了。「有事就趕緊去忙，放你半天假，快去快回！」

「喂喂……」徐尚羽哭笑不得，人卻被寧蕭帶出了餐廳。直到兩人上了車，他才有空說話。

徐尚羽繫著安全帶，有意無意道：「看來你比我還在意我自己的事。」

寧蕭回：「我只是記性好。」

「記性好？」徐尚羽失笑。

寧蕭沉默了一下，嚴肅道：「大部分時候，還是不錯的。」

聽了他如此認真地說出這句話，徐尚羽只能將笑憋回肚子裡。

車開在路上。

「你不問我嗎？」

寧蕭瞥了他一眼。

「問你什麼？」

徐尚羽道：「很多，為什麼我從來沒提過自己的父母，卻突然要去接母親？還有為什麼我在逃避這些事……寧大神探，你應該都看出來了吧。」

寧蕭點了點頭。「看得出來你心情不好。」

雖然臉上一直帶著笑，但是從早上接到電話起，徐尚羽的眼裡就沒有笑意。

「我在等你問我，還是說你不想知道？」

側過頭看了眼徐尚羽此時的表情，寧蕭做出了一個明智的決定，這時還是不忤逆他比較好。

「我想知道。」

徐尚羽笑了笑。

過了好一會，才開口。

「還記得你剛搬進來時，我們談論過的那件事——關於犯罪人員和服刑人員子女的問題。你知道我當時反應為什麼那麼大嗎？」

他當然知道。寧蕭心裡咕噥，表面上卻搖了搖頭，他知道自己現在必須做一個百分之百的傾聽者。

「其實我自己就是。」

徐尚羽開車，眼睛直盯著前方。

「在我還在我媽肚子裡時，我就已經不是個『好』的孩子。」他以這句話作為開場白。

徐尚羽是殺人犯的孩子。

這個殺人犯指的不是別人，正是他的雙親。在他還是個胎兒時，就被貼上了「殺人犯之子」的標籤。他的父母聯手殺死了一個不滿十七歲的女孩，並殘忍地分屍，僅僅是因為妻子懷孕期間無法滿足丈夫需求，夫妻倆就誘騙了一個少女，利用少女同情孕婦的心理，將她成功拐騙回家並迷暈，然而最後關頭少女卻突然清醒，夫妻倆一不做二不休，狠心鬧出了人命。

當年這件案子震驚全國，所有人在痛罵這對夫妻殘忍，可憐女孩的生命被無辜璀璨的同時，又十分不理解兩人的行為。僅因為一時的欲望就奪取別人性命？在他們眼中看來人命究竟算什麼？甚至其中一個凶手還是孕婦！她也是一位母親啊，為了滿足她丈夫荒唐的欲望而犯罪，她就沒想過女孩子父母未來的感受嗎？

最後，丈夫被判處了死刑，並且隔日執行；妻子因為懷孕而免於死刑，只判了無期徒刑。這個判決公布以後，很多人都感到不滿。

為什麼孕婦可以不判死刑！

那個善良的女孩難道就該死嗎！

諸如此類的議論不絕於耳，甚至還有這樣一種說法。

「殺人犯的孩子，沒有活在世上的資格。」徐尚羽淡淡道：「他們還說我身上流著殺人犯夫妻的血液，以後也絕對會成為罪犯，絕不能讓我出生。」

「只因為我帶有他們的血脈。」徐尚羽道：「我還沒出生，就被這世上的絕大多數人否定，等同判了我死刑。」他說這句話時，臉上帶著一絲笑意。

「不過幸運的是，我還是出生了。」

並且在付出了無數不為人知的努力後，成為了一名刑警。

寧蕭心裡一陣掀起波瀾，他不是沒猜測過徐尚羽的身世，卻沒想到竟如此波折。如今聽來，都讓人連連感嘆，那麼過去的徐尚羽究竟是怎麼接納自己的身分，並成為一名刑警的？

想起徐尚羽那超乎常人的正義感，難道是因為他想替父母贖罪？

寧蕭搖了搖頭，覺得事情不像自己想的那麼簡單。

「到了。」

就在他想得出神時，車已經停在了看守所的門口。

「等我一會。」徐尚羽說完話就下了車。

寧蕭見他進了看守所，隱約透過玻璃看見他跟裡面的人在說些什麼。然而寧蕭自己，卻還在想著剛才的事。

徐尚羽的特殊身世，和他手上的那道疤痕有什麼關聯嗎？他這樣的出生究竟是怎麼成為刑警的？還有……

還沒來得及想完，就看見徐尚羽神色匆匆地走出了看守所，他一個人。

寧蕭立即覺察事態有變。

果然，徐尚羽回來時，臉色難看。

「她被人接走了。」他說：「有人拿著偽造證件接走了我媽。」

聽到這句話的一瞬間，一道電光閃過寧蕭腦中，似乎有什麼線索將一整天的事情都串在一起。

這一切究竟是巧合，還是——早有預謀？

第五十八章

消失的三小時（六）

I T M U S T B E H E L L

「傷口處理乾淨了。」

扔掉了黏著血的繃帶，醫生看著坐在椅子上的人。「再過幾周，就可以恢復正常行動。不過當時要是子彈再偏離幾公分，你就該躺在火葬場了。」

病人試著動了下自己的胳膊，輕輕一笑，似乎不以為意。

醫生見狀，嘆了口氣：「算了，反正你也不在乎。不過我想不通究竟什麼人能把你傷成這樣？」他放下病例。「這種傷口，肯定是有人當面對著你開槍而沒能躲開，你會犯這種錯誤？」

「人都會犯錯。」

赫野說出這句話時，神色依舊淡然。

「開槍的人是存了心要殺你，一點都沒有手下留情。」醫生道：「你什麼時候又多了這樣的仇人？我聽說那幫員警或國安局的人，可是打算活捉你回去的。看這手法，你不會連黑道那邊的人都惹上了吧？」

赫野穿上衣服，回道：「誰知道呢。」

「喂喂，就算你不在乎自己的命，好歹也尊重一下我這個醫生辛苦工作的成果吧！」

「辛苦了。」赫野穿戴整齊，對著他微笑。「下次說不定還要來麻煩你。」

「希望沒有下次了。」醫生推了推眼鏡。「從第一次見到你開始，我就覺得認識你是個錯誤。畢竟你做的事……和我治病救人的本職十分不符。」

「救人？」赫野笑了。「我也是在救人。」

他站在狹小的私人診所裡，眼神卻凌厲得要穿透整個空間。

「我是在告訴他們，什麼才叫真正的自由。」他輕聲笑了，聲音輕柔。

「無拘無束，釋放自己的靈魂。」

所以你才讓他們自殺？

這句話埋在心裡，醫生沒說出口。他看著赫野推門離開，門外一個小男孩乖乖地等著他。

看著他即將走出去，醫生忍不住問：「喂！今天早上發生的幾起意外，是不是你幹的？」

赫野沒有回答，只是朝他擺了擺手，不知是在否認，還是認為這個話題不值一談。

看著診療室的門在眼前關上，醫生倒回椅子上，深深吸了口氣。他看著赫野換下來的染血繃帶，想到那些因他而死去的人們，眼中湧上一層困惑。

「我究竟在做什麼？」

救一個人，然後讓更多的人死去？

很早以前，他就知道自己不該再與這個男人有聯絡，然而卻像吸食了毒品一樣，每次都拒絕不了他的請求。

希望這是最後一次了。這是真心話，也在不知不覺中成為了預言。

從那天以後，赫野再也沒出現在醫生面前。

而同一天，在同一座城市中，寧蕭與徐尚羽絕對料想不到他們千方百計想要尋找的人，正和他們處在同片天空下。

兩人正忙著處理一個棘手的問題——徐尚羽剛出獄的母親不見了。

考慮到徐尚羽的特殊身分，再聯想到早上的意外，寧蕭不覺得這是巧合事件。

有某種關聯在裡面。他想著，抬頭看著站在車外的刑警。

正當太陽最毒的時候，徐尚羽卻連警服外套的釦子都沒有解開一顆，他看起來仍舊像平時一樣鎮定。但是寧蕭知道，這個人已經有些失措了，看地上那些扔得滿滿的煙頭就能得知。

電話響起，是徐尚羽的手機。

「有什麼線索？」他接起電話，沉默兩秒。「我知道了。」

等他掛斷，寧蕭立刻問：「消息？」

「他們調出了附近道路的監視畫面，發現有輛車一直停在附近。」徐尚羽說：「冒充我的人接走我母親後，就帶她上車了。時間是在一個半小時以前。」

「知道車開到哪裡去了嗎？」

徐尚羽搖了搖頭。「他開到南區去了，那裡很多地方都沒有監視器。」南區都是一片低矮平房，居住人員身分複雜且流動頻繁。要是真有人在那裡做什麼，真的難以調查。

寧蕭正蹙眉凝神思考，就看見徐尚羽扔了煙頭坐到駕駛座上。

「去哪？」

「回警隊。」

寧蕭不可思議地看著他。「你母親的事呢？」

「自然有專門的人處理，失蹤案件也不歸我管。」徐尚羽道：「作為被害人家屬此時能做的只有等待，沒有人比我更清楚。」說著，他側頭看了寧蕭一眼。

「是不是覺得我很冷漠？」

寧蕭未回答。

「對於一個從出生以來就從未謀面的母親，一個害孩子背負了十幾年痛苦的母親，正常人都會恨她。你是不是覺得，我其實恨不得甩掉她這個包袱，讓她直接從我眼前消失？」

徐尚羽的態度就像在講一場鬧劇，寧蕭聽著他的聲音，莫名有些不舒服。

「我沒這麼說。」寧蕭道：「你又不是正常人。」

不知是不是被他的話逗笑了，徐尚羽輕笑一聲。「回警隊吧，我們今天還有很多事要處理。」

車逐漸駛往警局，寧蕭看著徐尚羽毫無情緒的側臉，心裡是說不出的滋味。現在的徐尚羽感覺就像個密封罐，表面上看起來毫無異樣，卻不知道哪一天會轟然爆炸。

看著沉默的徐尚羽，寧蕭心裡悄然追問。

是不是你？

那天開槍的人，究竟是不是你？

回到警局時，已經下午三點了。

因為今天連續發生的兩場意外，整個隊裡忙成一團，幾乎調動了全部警力。尤其是岸邊出現的無名女屍，上頭極為重視，下了必須破案的指令。這更加讓一群刑警們忙得腳不沾地，連喝口水的時間都沒有。

一抵達警隊，寧蕭就把徐尚羽拋到腦後，首先就是去鑑識小組，直奔季語秋那裡。

「季法醫呢？」在辦公室沒找到人，他在路上逮到了實習生于孟。

于孟因為上次弄丟了張瑋瑋的緣故，現在看到寧蕭都心中有愧。

「甯、寧顧問！」他一張口就結巴了。「上回張瑋瑋的事，我真的……」

「季語秋呢？」寧蕭不耐煩地打斷他。

「我真不是故意弄丟你和徐隊長的小孩的！」

一緊張，于孟就口不擇言，說完了才發現不對，臉色變得比牆面還白。

「呃，我不是那個意思。我沒有說瑋瑋像你和徐隊長的孩子！錯了，也不是，我是說大家都覺得你們有在一起……我這嘴巴，我我我……」

于孟相當欲哭無淚，怎麼關鍵時刻自己淨是亂說話呢。

「你只要回答我一句，你知道季語秋在哪裡，還是不知道？」寧蕭根本沒空和他計較。

于孟點了點頭。「知道。」

「在哪？」

「解剖室。」

丟下這個傻呼呼的實習生，寧蕭直往解剖室趕去。

他進去時，正好看見季語秋手裡拿著一把刀，對著一個花季女子的胸膛戳了下去。

寧蕭也不打算阻止對方，而是等季語秋動完手，才問：「有什麼結果？」

那邊，季語秋已經把溺亡女屍大卸八塊，他翻出一塊不知名的內臟器官，查看。

「不是一般的溺死。」

「哦？」

「凶手在水裡加了藥，這種藥物會使人體器官衰竭，逐漸失去功能。」

季語秋道：「一旦器官開始衰竭，人體會出現各種病症。可以說，最後一刻，這個女孩承受著遠超過窒息的痛苦，她受的折磨超乎想像。」

季語秋將內臟小心翼翼地放進女孩胸膛裡。「我希望你們快點找出這個凶手，不然他會再次犯案。」

使用如此殘忍手段殺人的凶手，他的虐殺欲已經不是一兩條人命可以滿足了。季語秋懷疑又是一個變態殺人狂幹的，以虐殺為樂。

寧蕭沉默半晌。

「我不覺得，這是出於心理變態而殺人的凶手。」

他看向鐵床上被分解的女孩，眼中掠過諸多思緒。

「也許，是一場預謀殺人。」

滴答。
似乎是有水聲。
又像是，血滴落的聲音。

第五十九章

消失的三小時（七）

I T M U S T B E H E L L

從早上起床後，徐尚羽覺得太陽穴就一直跳個不停。

「徐隊長，你還是休息一下吧？」陸飛看他臉色不對，勸道：「你要是真把身體累壞了，我們這邊就缺頂梁柱了。」

徐尚羽嘆了口氣。

「好吧，那我去休息一下。對了，兩個死者的資料查到了嗎？」他臨走前又轉過身問。

「這個交給我來查吧。」

寧蕭不知什麼時候出現在了門口，看向徐尚羽。「你再不調整好自己的狀態，到時候就成拖後腿的了。」

徐尚羽對於他毫不留情的說法，只能回以苦笑，然後遵命離開。

陸飛感慨道：「就只有你說得動隊長。」

趙雲點頭表示同意。

這個月來，徐尚羽和寧蕭的關係突飛猛進，讓他們這些隊員看了都有些吃醋。

「廢話少說。」寧蕭伸出手。「兩個死者的檔案呢？給我看看。」

陸飛交出一份資料。

「我們倒是看不出有什麼線索，還是拜託寧大神探了。」

自從徐尚羽第一個喊出來後，警隊裡的人都開始稱呼寧蕭為神探。剛開始寧蕭還很抗拒，現在已經逐漸習慣了。

他翻了翻手中資料，先看的是早上那具溺死女屍的情報。

名字為袁麗，黎明市市民，只有二十三歲，高中輟學後一直在外打工。資料上顯示她的人際關係很單純，除了工作就是回家。這樣的女孩，照理說不應該有什麼仇家。

寧蕭轉而看向另一份資料。

爆炸案中死亡的男性，周康，三十五歲，無業在家，父母已經去世。這樣一個失業遊民，怎麼會被人特地炸死？

寧蕭繼續翻下去，翻到某一處時，動作停住。

「這個周康有前科。」

陸飛聽了，不以為意地道：「像這樣的無業遊民誰會沒有點小偷小摸的案底？」

寧蕭卻相當重視，他仔細反復看著那一句話。

周康，二〇一某年因盜竊入獄，判刑兩年。

他又看了下袁麗的輟學紀錄，恰好是在同一年同一月，這……難道只是巧合嗎？

「我要這個女孩的資料！」寧蕭抬起頭來，指著資料上袁麗的照片。

「不都在這裡了嗎？」陸飛不解。

「這裡只有她十八歲後的紀錄，而她成年前如果有犯罪紀錄，是另外存放的。」寧蕭把資料遞出去。「現在就去查，袁麗成年前是不是還有前科！」

陸飛和趙雲將信將疑，還是照他的話辦了。要調查未成年時期的資料，手續比一般複雜，等他們查回來時，寧蕭又找到了更多線索。

「寧神探，你真是太厲害了！」

一進門，陸飛就揮舞著手中的資料。「你怎麼知道袁麗成年前有前科？簡直神算啊！」

寧蕭不和他廢話，接過封存的資料。

果然，袁麗之所以高中輟學，是因為一樁刑事案件。在一次盜竊中過失致死一名幼童，最終被判處三年有期徒刑，緩刑三年。

「我要這個刑事案件的詳細資料。」

「這裡，早就幫您準備好了。」陸飛將資料遞過去，一邊道：「不查還真沒人知道，看起來毫無關係的周康和袁麗，竟然是一樁盜竊案的同伙！其實這樁案件偷的東西也不多，要不是袁麗失手把屋主的小孩悶死，他們根本都不用進監獄。」

而周康，經調查後被判定與小孩的死亡無關，最終僅依照盜竊罪判刑，刑期反而比袁麗更少。資料上顯示，兩人出獄後就再也沒有聯絡。

「被害者的家屬呢？」寧蕭問。

陸飛搖了搖頭。「警隊又不是社會福利機構，哪會清楚每一個受害者家屬的動向……」他見寧蕭沉默著，不吭聲，小心地試探道：「難道你是懷疑，這兩人的死亡和當年的案子有關？」

孩子被人殺害，偏偏還無法以命償命。如果當年的家屬心懷怨恨，知道凶手出獄後，痛下殺手也不是不可能。

趙雲立刻道：「我去查一查！」

寧蕭點了點頭，目送兩人匆忙地離去。

案情到這一步已經漸漸清晰了，但是總覺得還有哪裡不對勁。這真的是當年被害幼童的家屬報復嗎？一想到兩起案子那殘忍又不普通的作案手段，他就覺得事情沒那麼簡單。而且兩個死者身上的特性，總覺得在哪裡見過……

犯下了人命官司，卻因為特殊原因而逃過死刑。

這個情況……寧蕭渾身一震。這不是和徐尚羽母親的情況一模一樣嗎！

這兩人的死亡和徐尚羽母親的失蹤，會不會有什麼關係？

他再也坐不住，連忙起身去休息室找人，這件事一定要找徐尚羽問個清楚。然而當他匆匆跑到休息室，卻發現裡頭空無一人，徐尚羽根本不在！

寧蕭拉過一旁值守的女警問。

「徐隊長？」女警搖頭道：「他沒來過休息室啊。」

混蛋，被那傢伙騙了！

寧蕭咬牙，他就覺得徐尚羽平時精神百倍，怎麼可能因為這點事就變得疲憊不堪，原來是一場調虎離山計啊！

徐尚羽肯定早就發現了袁麗和周康案件的不妥，不，他說不定早就猜到，這次的凶手是衝著他來的！想到那人又擅自行動，寧蕭心裡的火騰地升了起來。不過怒到極致，他整個人反而更加冷靜。

「陸飛、趙雲！」他喊來兩個刑警。「去告訴你們一隊的邢隊長，我發現了重要線索。」

邢峰匆匆趕來，都沒來得及擦把汗。「有什麼線索？」

自從爆炸案後，他對寧蕭的態度有了一百八十度的轉變。

寧蕭冷冷一笑，拋下一句震驚所有人的話。

「我懷疑徐尚羽和凶手勾結，請邢隊申請逮捕！」

所有的疑點，在這一刻都順暢地解開了。

徐尚羽早上接到的那通電話，究竟是誰打來的？他在母親失蹤之後，為什麼很少表現出焦躁？

對於接母親回家表現得不甚積極，以及到了警隊之後的反常表現，這一切都顯示著徐尚羽絕對知道某些內幕。他對自己母親的失蹤，以及兩個死者的死亡，絕不是一無所知！

不去理睬周圍人的驚訝，寧蕭閉上眼，在心裡反反覆覆地回憶著與徐尚羽相遇的每一幕。

非同一般的身手、特殊的身世、超乎常人的晉升速度，以及對待赫野的反常態度。

其實端倪早就顯現出來了。

寧蕭嘲笑自己，竟然到現在才看破……這個祕密，就像是徐尚羽手腕上的那道傷疤，一直呈現在眼前，只是被自己有意無意地忽視罷了。

徐尚羽，絕不是一個普通刑警。

寧蕭想起那晚，在白鷺山莊雨夜中聽見的槍響聲，以及追擊出去時看見躺在血泊中的徐尚羽。為什麼那時他就沒發現呢？徐尚羽身上的傷，並不是被赫野的手下所擊中，而是他自己造成的！

就在整個警隊因為寧蕭的一句話而方寸大亂之時，禁閉室內，一直被緊密看守的某個人，露出了蒼白的笑容。

黑色的綁帶遮住了他的眼，卻遮不住他的其他感知。這名在與寧蕭的爭鋒中被捕獲的狙擊手，現出被捕以來的第一個反應。

「哎呀。」青蚨抖了抖耳朵。「好戲開場了。」

第六十章

消失的三小時（八）

IT MUST BE HELL

腳踏在流著汙水的地面上，留下一個又一個油膩的印記。

他推開生鏽的鐵門，空曠的空間內聲音遠遠地傳開，像是打開了通向地獄的門扉。

這裡是黎明市地下水道的某一部分，髒汙和老鼠遍布整個空間，最高高度還不足一點五公尺。原本應該衣衫整齊地坐在辦公室的某位刑警，正彎腰在這地下世界前行。

滴答。

四周不斷傳來水珠滴落的聲音，滴落在黏膩的地上，讓人心裡泛起一股噁心。僅容一人通行的走道上，時不時竄出不明生物，牠們泛紅的眼睛直盯著這個不速之客，似乎在打量著他。

然而，刑警完全無暇顧及，他看著手表上的時間，猜測著自己是否已經遲到。手機等通訊工具，早在進入下水道之前就丟棄了。他前往這裡的事，可不希望被任何人知道。

終於，在黑暗中摸索了大半個小時後，刑警停在一扇老舊的閘門前。這個閘門保持著上個世紀的風格，粗糙的工藝，粗陋的油漆。他摸上油漆已經有些脫落的門把，輕輕一轉，閘門開了。

裡面完全是另一個世界，地上用報紙鋪了厚厚一層，四面牆上也用壁紙裝飾了一番。室內樹立了幾個大架子，上面擺滿了各種資料，乍看還以為是某個大學的圖書館。其中最引人注意的，則是房間中的數臺電腦。

閃爍的螢幕顯示著這些高科技產物正在工作，而操縱它們的主人，恰好回過頭來。

那是一個瘦削的年輕人，因為太瘦，一雙眼睛凸得有些恐怖。

「啊，是你。」他看見刑警，露出了開心的笑容。「你終於來了。」

房間的主人向刑警招了招手，用一種和老友打招呼的口氣道：「快點，我等你好久了。」

「嗯。」

刑警輕應了一聲，關上了身後的鬧門。

邢峰的太陽穴突突地跳著，他只覺得頭疼無比。作為一個刑警，他已經習慣了每天忙碌的生活，無論是正在吃飯時接到分屍案報警，還是和老婆剛溫存到一半就得去處理虐殺案。

入行十幾年來，他自以為已經習慣了這種高度緊張的生活。

然而現在，他看著眼前的這個傢伙，仍然想大喊一聲！

「你是在開玩笑？」

「不，當然不是。」寧蕭乾脆地否定。「每字每句都是真實的，我建議邢隊長你現在就去申請逮捕令，將兩位嫌疑人捉拿歸案。」

兩位嫌疑人，一位自然是讓他們忙得昏天暗地的凶殺案凶手；另一個，寧蕭指的竟然是徐尚羽！

「你什麼時候開始懷疑徐尚羽也參與了這場案件？」邢峰問：「證據

呢？」

下午剛回到警隊，就聽到這位寧顧問發表了令人震驚的言論。到現在，邢峰認為自己還能冷靜地坐著聽他解釋，真是佩服自己的定力。

「查閱了兩名死者的資料後，可以確定這是一場連環謀殺。」寧蕭無視他的驚訝，淡然道：「在一件刑事案件中，只要找到共通點，就可以揭開整個案情。顯然，這兩位死者的共通點就是數年前的那場盜竊案。他們是同謀，並且因為各種緣故，兩人都未得到嚴厲的懲罰。我合理地認為，這是一場報復性質的凶殺案。」

寧蕭盯著邢峰：「這是對法律制裁的不滿，而引發的一場針對當年犯罪人的謀殺案。」

「這不會太片面嗎？」邢峰質疑。

「片面？不，證據已經夠充分了。」寧蕭道：「你忘記袁麗的死因了嗎？」

窒息死亡。

邢峰一愣，想起資料上顯示，當年袁麗過失致死的屋主家幼童，就是窒息而亡的。袁麗和周康共謀盜竊，卻沒想到戶主家六歲的孩子正在家午休，袁麗一時緊張，用枕頭捂住孩子的口鼻以制止他呼救，導致幼童死亡。最後袁麗因為未成年，加上並非蓄意，僅被判刑三年。

這個判刑，當年引起了孩子父母極大的不滿。

那件案子邢峰也經手過，他至今還記得家屬憤怒絕望的眼神。此時寧蕭提起了袁麗和被她害死的孩子，他們異常相似的死因，他心底也產生了一絲懷疑。

難道真的是當年的受害者，現在過來報復袁麗和周康？

「就算袁麗身上背著一條人命，為什麼僅是參與盜竊的周康也要被殺？」邢峰道：「動機不太夠吧？」

寧蕭點了點頭。「所以，這兩起案件並不是被害者家屬所為。」

「什麼？」

「袁麗誤殺幼兒，幼兒的家屬恨她理所當然，但一般人不會去遷怒甚至殺死周康，因為他並沒有參與殺害過程。不過作為刑偵部門的人，你應該清楚，其實這起案件單論盜竊的話，周康才是主犯。」寧蕭道：「正是他教唆袁麗，並將還不能控制自己情緒的她帶到現場的。如果這起盜竊案只有周康一人犯案，他根本不會對孩子下手，但是因為有了袁麗，初次作案的緊張、犯罪的恐懼等等因素加在一起，讓她犯下了無法挽回的罪過。」

從幼兒致死的原因上來看，似乎是袁麗的個人行為。但是放大討論的話，教唆者周康有著不可推卸的責任。

「這些因素，一般人根本不可能想到……」邢峰說到一半就僵住了。

寧蕭看了一眼他的表情，淡淡道：「的確，這些深層原因，不了解刑偵和法律的人根本就不會想到。想到的人，一定是十分了解案件結構的人。」

比如，某個刑警。

寧蕭總結道：「凶手殺死袁麗的手法十分殘忍，而殺害周康的手段又顯示出他掌握了不同於常人的犯罪知識。如果這個行凶者，並不是當年被害幼童的家屬……那麼，究竟是什麼原因驅使他做出這些行為的？」

邢峰沒有回答，寧蕭索性自己答道：「答案是，正義。」

沒錯，這兩起案件的凶手，就是自認帶有一顆「正義之心」，才殺害了袁麗和周康。既然法律無法懲治凶手，索性就自己動手。

以這種激進的手段，來護衛自己理想中的正義。能做出這種行為的人，他本身的正義感已經強烈到有些扭曲，而一旦行為超脫了法律約束，就成了披著正義外殼的野獸，難以掌控。

邢峰只覺得自己的喉嚨有些乾澀，「就算是這樣，和徐尚羽又有什麼關係？」

「本來我也認為沒有關係。」寧蕭苦笑，「但是，從他母親失蹤後的一系列行為來看，我已經無法替他洗去嫌疑了。」

徐尚羽約好了一起吃午餐的那家餐廳，正好是周康死亡的地點。

這只是巧合嗎？

他故意拖延時間，不去看守所接回自己的母親，真的沒有別的原因？

還有這次的不告而別，又是為什麼？

最關鍵的一點是——這起案件中，凶手那異乎常人的正義感，和徐尚羽有些隱隱相似。

唯一的區別是，徐尚羽一直用刑警的身分約束著自己，不會做出僭越法律的行為。然而，如果超過了臨界點呢？忍耐太久的話，會不會反而爆發？

「不論他在這起案件中究竟是什麼作用。」寧蕭嘆氣道：「他參與的事實已經無法抹去。」

至少，在自己母親失蹤這點上，徐尚羽是知情，甚至是放任對方那麼做的。

寧蕭現在還記得，在從看守所回警局的那一路上自己和徐尚羽的對話。

一向不喜歡談家事的徐尚羽，竟然向他談起了父母。

也許這就是他離開的徵兆吧。

只是，當時的自己沒料到徐尚羽會做出這種舉動。

他嘆了口氣，看向邢峰。「請儘早提出拘捕令申請。」

說完，沒有和任何人告別，獨自離開了警局。

季語秋站在樓上，和實習生于孟一起看著他越走越遠，消失在街道盡頭。

「老徐出了這事，最難過的就是寧蕭吧。」季語秋道，「他們最近總是形影不離，這種被背叛的滋味肯定不好受。」

于孟看著街尾，眼中閃過什麼，最後只是無聲地點了點頭。

當晚，黎明市又發生了一件大事。

在押調查的赫野團隊成員，代號青蚨的狙擊手，越獄逃逸了！

池水越攪越渾，似乎是象徵著黑與白最後的攻堅戰鼓，終於打響。

第六十一章

消失的三小時（九）

張瑋瑋手裡拿著一本書。

一本小說。

這是他最近閱讀的第五本小說，全都是推理小說，作者也是同一個人。這個作者沒有用筆名，用的是真名。因此，他很快就發現自己其實認識這位作者。

寧蕭，他的監護人的同居人。

對於那個長得白淨的哥哥，張瑋瑋印象深刻。雖然他們並沒有相處多長時間，但是張瑋瑋永遠記得，發生意外時正是寧蕭把自己護在身下。

寧蕭是個好人。

而綁架自己的叔叔，是個壞人。

十幾歲孩子的觀念很簡單，對自己好的就是好人，欺負自己的就是壞人，簡單且不容易改變。

然而經過這幾天，張瑋瑋卻開始感到困惑了。那個綁架自己的壞人並沒有像想像中那樣凌虐自己，反而很細心地照顧自己。除了要求必須看完這幾本小說外，壞人竟然沒有別的要求了。

一切都讓張瑋瑋感覺自己並不是被綁架，而是被國文老師關禁閉了。他看完這本書，起身去找那個壞人。按照要求，每看完一本書，張瑋瑋都必須親自口述自己的讀後感。這個古怪的規定從第一本小說以來，一直都沒變。

他推開房門，探出頭看了眼空曠的走廊，小心翼翼地向目的地走去。這個地方出奇地大，整個走道上只有他一個人的腳步聲。

走了約莫五分鐘，他才到達目的地。

那是一間類似階梯教室的房間，從窗戶和門的分配，就可以看出裡面的空間相當大。張瑋瑋站在大門前，正猶豫著要不要推門而入。

「……按照計畫……徐尚羽……」

卻在這時，他隱隱約約聽到房間內傳來談話聲，其中竟然提到了一個熟悉的名字！好奇心一起，張瑋瑋屏住呼吸，躲在門外偷聽起來。

一個陌生的嗓音，彙報般地陳述著什麼。

「他不見蹤影，寧蕭也已經回去。」彙報的人道，「正如我們計畫，他們的聯盟已經開始瓦解，不會再成為我們的阻力。」

「不要小看他們。」

另一個人的聲音響起。張瑋瑋認了出來，是綁架他的那個壞人。

「徐尚羽不同於一般人。如果想……就必須讓他沒有退路可走。」

「你的意思是……」

這裡模模糊糊聽不清楚，張瑋瑋心裡焦急，忍不住湊更近去聽。然而緊張之下，他卻沒注意到身後伸來的手。

「小鬼！」

陰沉的喊聲從背後傳來。緊接著，張瑋瑋覺得後衣領被人拽著，整個人被提了起來。

一張好像許久未見陽光的慘白臉龐湊上前，漆黑的眸子直瞪著他，嘴角帶著笑容，幽幽道：「你躲在這裡幹什麼呢？」

喉嚨被衣領勒住，難受得發不出聲音來。張瑋瑋費力地掙扎著，揮著手想要去打這個突然冒出來的傢伙，但是卻被人輕易地制住。然而，來人卻因為他這個挑釁的動作，臉色一暗，掐住張瑋瑋的脖子就要用力。

「阿青！」

屋內傳來一聲呵斥。

青蚨顫了一下，慢慢鬆開手，將張瑋瑋放到地上。他抬頭，看著不知何時敞開的大門，對著屋內的人笑道：「好久不見啊，老大。」

剛才的殺意已經褪得無影無蹤。

屋內，赫野與另外幾個年輕人正看著他。其中，一個像是女學生的年輕人皺眉看著青蚨，似乎對他剛才的行為很不滿意。

「一個小孩也下得了手。」她低聲自言自語道。

青蚨動了動手指，不去看她。

赫野不在乎手下們的暗潮流湧，他朝剛剛回來的青蚨點了點頭，「你回來了就先去休息一下，過幾天還有事。」

青蚨淡淡一笑，隨即離開，從頭至尾都沒再看張瑋瑋一眼。

張瑋瑋拚命咳嗽著，眼裡不停地流出淚水。一部分是因為疼痛，一部分是因為害怕。然而屋內那麼多人，竟沒有半個人來扶他。就連剛才鄙夷青蚨的那個女孩，也沒有伸出相助。等到他恢復力氣，自己站起來的時候，他發現綁架他的那個壞人正對著他笑。

一如既往的笑容，這次卻令他害怕。

「書看完了？」赫野見張瑋瑋顫巍巍地點了點頭，便轉過身拿出另一本書，「那麼，再看這本吧。」

張瑋瑋顫抖地接過手，終於還是忍不住問道：「我、我還要看這些看多久？」

「多久？」赫野看著他，嘴角的笑意漸漸擴大。

「放心。」他說：「這是最後一本。」

張瑋瑋拿起手中的書，看著書封上的幾行字。

《負罪者》

最新熱門作家寧蕭的出道作。

如果不是確信自己的確鑽進了下水道，徐尚羽以為自己身處某間主題咖啡廳。

嗅著誘人的咖啡香味，他看著那邊忙忙碌碌正在沖泡咖啡的男人，低頭瞅了眼手中的杯子。幾乎滿溢而出的杯面上，一個花式紋路浮現。

那是一個大大的「正」字。

再看向正在製作的另一杯，一個字體的雛形已經出現——「義」。

沒錯，這兩杯咖啡的拉花正是「正義」兩字。這還不算什麼，再看這個祕密房間的布置，牆上貼滿了各式海報，仔細一看都是各種超級英雄，蝙蝠俠、超人、美國隊長等等……書桌上除了三臺電腦外，還擺放著超級英雄的模型。最顯眼的就是桌對面的牆上，一行黑漆噴出來的字，讓每一個進房的人都無法忽視。

總而言之，整個室內的布置，讓人一目了然地察覺到主人是個英雄控，而且已經痴迷到不可救藥的地步了。放在其他時候，頂多被人嘲笑一聲，算作是宅男的特殊愛好。但是徐尚羽知道，千萬不能把那個正泡著咖啡的瘦弱小子當成普通人。

他手裡已經有兩條人命了。

一個超級英雄狂熱粉絲，將自己扭曲的正義觀付諸行動。

「怎麼了，我的咖啡不好喝？」

正義男轉過身，見徐尚羽端著咖啡卻遲遲不喝，他笑了起來。「還是說沒心情喝？」

徐尚羽放下杯子。

「我來，不是為了喝咖啡。」

「哦，我懂我懂！」正義男舉手做投降狀。「我知道你想談正事，但是我們先休息一下嘛。人總是要吃飽喝足，才能有精力幹大事啊。」

徐尚羽的眉毛動了動。

「你還想做什麼？」

「當然是做該做的。」正義男喝了口咖啡，看見他一臉不贊同，忍不住笑道：「不要告訴我，現在你還打算反悔。徐尚羽，當初可是說好了，你到我這裡來表明忠心，我就告訴你赫野的下落。你不會真的開始後悔了吧？」

他輕佻地繼續道：「是不是害怕被以往的同事追捕？哼哼，堂堂刑警隊長竟然淪落到和殺人犯同流合汙……啊……不不不，我說錯了。」正義男頓了頓，臉上表露出明顯的惡意。「你本來就是殺人犯的孩子，怎麼談得上同流合汙呢！哈哈哈哈，你身體裡流的就是骯髒的血啊！」

正義男猖狂地笑著，在看見徐尚羽隱隱露出痛苦神情後，他笑得更快樂。好不容易等笑夠了，他才慢悠悠道：「當然，我也知道你想說什麼。」

「父母的錯與我無關。」

「我是無辜的。」

「正因為如此才去當刑警，想要逮捕更多的犯人——」

「來贖罪。」

他一字一句地說著，不忘觀察徐尚羽每一秒的表情。

「可是你認為，當了刑警就真的能贖罪嗎？」

正義男冷笑。「包括你父母在內，每年有多少罪犯，因為無數可笑的原因而沒有得到應有的懲罰。什麼罪犯也應該得到救贖，什麼人道主義……在我看來完全就是謬論！犯罪者從犯下罪行的那一刻開始，就不配稱為人了！」

「所以，你把他們都殺了。」徐尚羽終於開口。

「不，我這是在寬恕他們。」正義男笑道：「只有死亡能讓人重生，也只有死亡才能洗清他們身上的罪孽。這是洗禮，不是謀殺。」

聽著有些熟悉的論調，徐尚羽不禁皺起了眉。

一直觀察他表情的人注意到了這點，陰狠道：「你後悔了？後悔答應我的條件？」

「……不。」徐尚羽低下頭，躲避對方的眼神。「只要約定的條件算數，我就會為你辦事。」

「放心吧。饒過你的母親、告訴你赫野的下落這兩點……」正義男道：「只要你跟我合作，並幫助我懲治罪惡，我會好好地完成這些約定。」

他晃了晃杯子。「不過，萬一事成後你反悔怎麼辦？我得做個保險措施，讓你不至於反咬我一口。」

「什麼？」

徐尚羽抬起頭看他。

只見正義男站在貼著超級英雄海報的牆壁面前，模仿超人擺了一個經典姿勢。

然後，他說出了那句話。

「我要你——去殺人。」

第六十二章

消失的三小時（十）

IT MUST BE HELL

上午七點十五分，陸飛像平時一樣走出家門。

走上過街天橋，搭上十九號公車，經過五站抵達刑警總隊。

今早，他和以往一樣八點鐘準時踏進辦公室，然而辦公室內的氣氛卻迴然不同。沒有人吃早餐，也沒有人翻著早報閒聊，內勤和外勤刑警們各自坐在自己的座位上，彼此間很少交流。

空氣中透出一股沉重。

陸飛擠出一個苦笑，想說些什麼話來活絡一下氣氛。然而他想了半天，自己的眉頭也垂了下去。同事們的心情他再懂不過了，這時候說什麼都是枉然，唯一能解開他們心中迷惘與困惑的那個人，失蹤了。

不，應該說是潛逃中。

邢隊長一大早就帶著拘捕令外出找人去了；二隊的這幫刑警，不僅群龍無首，而且內心恍然，十分不知所措。

季語秋帶著于孟進來時，看見的就是一屋子沉悶的人。他站在門口見半天都沒有人注意到自己，只能敲了兩下門。

「誰來接一下屍檢報告。」他說。

然而屋內還是產生了兩三秒的空缺，陸飛下意識地往某個方向看去。這時才突然意識到，以往搶著去看驗屍報告的人，不在這裡了。

「我來吧。」

趙雲站起身，跟著季語秋和于孟走到門外，找了個僻靜的地方說話。于孟將報告遞給他，又看了屋內一眼。

「從昨天開始，你們隊的氣氛就這樣了？」他有些沒心沒肺地問。

趙雲搖了搖頭，卻不願多說什麼。

「失去個隊長，你們就這麼手足無措。」于孟道：「那要是以後和徐隊長對上，還有人下得了手嗎？」

「不可能！」

趙雲還沒回答，他們身後就傳來一聲忿忿不平的怒喊，竟是隨後跟出來的陸飛。「徐隊長才不會做違法亂紀的事，你這個假設不可能成立！」

于孟被他吼得退縮了一下，卻還是忍不住回嘴道：「那、那也不一定啊……連寧蕭都說你們徐隊有嫌疑了，你是懷疑寧蕭的判斷了？」

自從幾起案件後，寧蕭和徐尚羽就成了二隊聲望最高的兩個人。于孟此時拿寧蕭來堵陸飛的嘴，真是挑對點了。

陸飛果然回不了話。

「也許……是寧顧問他誤會了什麼……」

「寧蕭那麼精明，從不隨便下判斷，這種話你自己信嗎？」

「好了！」看見陸飛氣得臉紅脖子粗，季語秋不耐煩地打斷了于孟的話。「會不會看看時機啊你？偏要往人家傷口上戳，你是太白目還是怎樣？」

于孟脖子一扭，不說話了。

季語秋看向趙雲道：「總之在真相出來前，你們也不要隨意猜測，等邢隊他們調查完再說吧。」

趙雲頷首。

「對了，這幾天也沒看見寧蕭，他人呢？」

「去書店了。」趙雲說：「聽說下午有個簽書會，他的編輯親自把他抓走了。」

經他這麼一說，季語秋才想起來，寧蕭的本職不是顧問，而是寫書。這人還一天到晚跟他們這幫刑警混在一起，難免顯得不務正業。

此時看著沉寂的二隊辦公室，徐尚羽的位置上空無一人，連寧蕭也不在。想起以往兩人配合無間的情景，再對比今日的冷清，季語秋也難免有些感慨。他沒有興致再多待，揮了揮手就帶著小實習生離開了。

一整個上午，二隊的低迷氣氛影響了整個警隊。季語秋在鑑識小組晃神晃了半天，過了中午，卻傳來另一個消息。

黎明市市發生持槍綁架案！

目前有一名員警被對方射傷，幾名人質被歹徒控制。而前方傳來的最新消息，根據驗證結果，擊傷員警的那枚子彈，竟是出自警方內部的配槍！

季語秋聽到這個消息，整個人都愣了一下。

「科長，怎麼了？」于孟在他身後追問。

「沒事。」季語秋緊握雙拳，心底升起某種不祥的預感。他再也坐不住，披上外衣就出門。

「于孟！」

「是！」

「隨我去綁架案現場！」

「啊……哦！」

等到法醫科的兩人來到事發現場時，附近百姓已經被疏散開來一群警察圍在建築物外，有人正拿著高音喇叭，對著裡面的歹徒喊話。

喊話也是需要技巧的，為了不逼急歹徒，他們會裝作答應綁架者的條件，先讓對方放開人質，然後在對方撤退的路線上安排狙擊手和追捕人員，一舉擒獲。但是今天，這個綁架犯似乎不是那麼好對付。

負責交談的談判專家已是滿頭大汗，卻還沒有套到對方一句話。

他退下來，換人接替。

「這個犯人不簡單。」他道：「他似乎很清楚我們內部的套路，完全不上當。」

「沒辦法。」負責的刑警道：「只能先答應他的條件了，人質的性命重要。」

在一片緊張的硝煙氣息中，刑警和歹徒的對峙還在繼續。時間持續到了下午五點，考慮到人質中的老弱病幼，警方的底線只能一退再退。

最終，在得知人質中的一個孕婦已經出現了脫水跡象後，負責的刑警一咬牙：「照他說的，撤掉狙擊手！」

「可是……」

「沒什麼可是，責任我來擔！」

談判的勝者是歹徒。

他要求警方將一輛防彈車開到大樓門口，接著司機立刻離開。精明的是，從頭至尾歹徒都將一名人質掌控在手中，並用人質擋在身前，阻礙狙擊手任何可能的射擊路線。直到他登上防彈車的一瞬間，員警們才有幸瞥到了他一眼。

健壯的身材、控制人質的手段、瞥向這邊的目光，讓幾個員警莫名熟悉。

季語秋心下一跳。

「不可能……」

沒等現場的人回過神，防彈車已經開走了。

「追蹤！」負責人下令。

然而，這次他們真的碰上老手了。歹徒在半路上就換了車，並且有人入侵了沿路的監控設施，讓警方的監視器失效。最後，他們只在海邊找到了那輛廢棄的防彈車。

陸飛也是出勤人員之一，他大老遠就看見防彈車內熟悉的警服，心臟猛地跳了起來。

「陸飛！不要莽撞！」

同伴的呼喊已經阻止不了他，他猛地衝上前去一把打開車門！

那件熟悉的隊服正蓋在一個人身上，座位上一灘血跡溢出。陸飛顫抖地掀起衣服，卻發現衣服下的並不是熟悉的面容，而是一張陌生的面孔，對方胸口被洞穿，血液已經凝固。

旁邊還放著一把眼熟的手槍，與手槍放在一起的是一個警徽。血液凝固在警徽上，顯得格外刺目。

「陸飛！」趙雲追了上來。「你沒事吧！」

「……我……趙雲。」陸飛聲音嘶啞，眼神通紅，他突然轉過身，一把抓住趙雲的袖子。「這不是隊長！這不是隊長！這不是隊長啊！」

一聲又一聲，聲嘶力竭，包含著無數辛酸與悲哀。

屍體不是徐尚羽，陸飛慶幸。

但是同樣的，死的人不是徐尚羽，但是徐尚羽的東西卻出現在車內，只能說明……

凶手，是徐尚羽。

趙雲看著車內，眼神停留在那個被血浸染的警徽上許久。

直到後續的人馬將整個車團團圍住，他們都沒再說過話。

在遠處的季語秋，聽見了陸飛那幾聲悲慟的大喊，心裡也有些難過。對於二隊的刑警們來說，他們寧願今天出事的是徐尚羽，也不寧願昔日隊長變成他們的敵人。

海邊，夕陽正緩緩沉入海中。

季語秋望著那半截殘陽，像在見證曾經的輝煌逐漸沒落。

徐尚羽，正式成為通緝犯。

第六十三章

消失的三小時（十一）

IT MUST BE HELL

笑了。

老七叼著根油條，雙手一秒都沒停地打著字。

突然，頁面上跳出一個新聞視窗。看著視窗上的鮮紅大字，老七滿意地

這時，他聽見身後開門的聲音。

「終於回來了？」他頭也不回道：「這次你幹得不錯。對了，我讓你帶的牛肉米線買回來了沒？」

「嗯？」

等了一會沒等到回應，老七回頭一看，只見剛剛進屋的那人，正面無表情地坐在地上，機械地摩挲著雙手，好像有什麼本應該在那裡的東西，如今消失不見了。

「啊！你在難過！」

看見他這樣，老七不安慰反笑道：「有什麼好難過的？你今天殺的那個人，我不是早就調查清楚了嗎？他本來就是個惡徒，十四年前強暴了某個女

生，最後卻只被判坐幾年牢。而那個女生呢，不僅名聲全毀憤而自殺，現在她的父母也無人供養。」

老七玩味道：「那個人去坐了幾年牢又能怎樣？他難道就真心悔過了？你看看他現在的職業就知道，無業遊民，整天靠敲詐勒索當小流氓過日子，未來再犯下更大的罪惡都有可能。我讓你殺了他，難道不是在替天除惡？」

徐尚羽沒說話。

老七看了他幾眼，恍然大悟道：「哦，我差點忘記。黎明市本來就不大，你今天出去辦事的時候遇到了老朋友？」他略帶惡意地笑著。

「堂堂的刑警隊長竟成了綁架殺人犯，恐怕你和你那幫老朋友心裡都不好過。想必不用過多久，你的通緝令就會下來，到時你就成了過街老鼠，人人喊打啦！」

老七說著，嘴角已經拉了下來。

「這個世界是不是很奇怪？明明是做了好事，卻要被當成罪犯通緝。而那些真正的惡人只受了些不輕不重的懲罰，照樣可以在外面逍遙。」老七的眼中，流露出陰沉的光。

「喂，你說，這個世界是不是哪裡出了毛病？」

徐尚羽不知道這個世界究竟怎麼了，他只知道自己今天做了這些，就已經沒有回頭路了。徐尚羽抬頭，緊盯著老七。

「不要忘記你答應我的事。」

「當然！現在你也是正義的伙伴了，我當然不會虧待你。」老七笑嘻嘻道：「你的母親我已經放走了，以後就用你的行動來彌補她曾經犯下的罪吧。」

「赫野呢？」

聽見這個名字，老七嘴角帶笑。「果然，你的首要目標還是他。為了報復他，甚至不惜叛出警局。我倒是好奇了，這個赫野究竟和你有什麼深仇大恨？」

徐尚羽沒有回答，但是看向老七的眼神已經帶了些警告。

見狀，老七連忙舉手投降。

「好吧，我不問。」他道：「看在你剛辦成一件大事的分上，我現在就幫你聯絡他。」

「你隨時都能聯絡到他？」徐尚羽問。

赫野的行蹤詭祕，警方都難以尋覓到他的消息，這個老七似乎別有手段。

「當然了。」老七詭異地笑笑，緩緩道：「畢竟，我可是他的合作對象。」

老七，全名張七。當然這個名字是真是假，除了他本人，誰也不知道。然而，徐尚羽卻知道他的另一重身分——赫野團隊的技術協助人。

在很多起案件中，赫野的計畫都是由張七來協助完成的。但是，他們之間卻不是從屬關係。用張七的話來說，是互相利用。

「我很欣賞赫野的某些觀點，所以願意幫他做事。但是赫野本人也是個十惡不赦的罪犯，相比起來，我更想親自抓到他。」這是張七第一次聯絡上徐尚羽時，對他說的話。

「我有辦法抓住赫野，你要跟我合作嗎？」

那天早上就是這一通電話，徹底打亂了徐尚羽的生活。

讓他，再也沒有退路。

徐尚羽有必須抓住赫野的理由，不僅是抓住他，更是為了殺死他，完成那晚在白鷺山莊沒有做成的事。

「赫野……」他低喃著這個名字，雙手爆出青筋。

數年前，黎明市曾發生過一起綁架案。

當時的嫌疑人手中持有五、六名人質，情緒已瀕臨崩潰，隨時可能犯下大錯。員警們一邊與他周旋，一邊安排狙擊手，以防不測。然而，當時的負責人堅決反對使用狙擊手，而是竭力與嫌疑人周旋。經過一天一夜的勸說，終於讓嫌疑人放下武器，束手就擒。

本來案件到此就該圓滿結束，但是事情總有一些巧合。其中一位人質是位孕婦，由於臨近產期受了驚嚇，當場流產。孕婦的家屬情緒激動，竟然伙同同黨襲擊那輛了押運犯人的警車。在衝突與勸阻中，孕婦家屬刺中一名負責押運犯人的員警，造成其重傷不治。

情況急轉急下，刺死員警的人自然被逮捕歸案。當被問及為什麼不是報復嫌疑人，而是向員警下手時。那人竟然回答：向犯人出手害怕被犯人出獄報復，而刺員警純粹是為了出口氣，也不用擔心報復。

諷刺的是，被刺死的員警就是當日反對使用狙擊手的負責人。這名員警了解了嫌疑人的家庭狀況，知道他上有老下有小卻被工頭拖欠薪水，連帶媽媽看醫生的錢都沒有，搶劫和綁架是迫於無奈。在保護人質安全的前提下，自己想盡力留下犯人一條性命。

最終的結果，搶劫犯情有可原，刑事上被減輕了責任。而民事責任上，卻要承擔巨額的賠償費。即使他死亡，這筆賠償也要由他的家人繼續背負下去。

被關押進監時，犯人只說了一句話。

「為什麼那時候不殺了我。」

死了，就可以一了百了；活著，卻要承受不可承受之重。

那名出於好心而留下犯人的刑警，最後不僅丟了性命，還要被雙方記恨一輩子。沒有人記得他不想枉送人命的初衷，沒有人記得在嫌疑人情緒激動時，是他第一個衝上前去救下了人質。

這位枉死的刑警死後也沒有得到正名。

張瑋瑋看完這本書，整個心都沉甸甸的。

背負罪惡的究竟是誰？是犯罪者，是這個逼人走上歧途的社會，還是我們每一個人？

年幼的他難以說出心中感受，只覺得好像被蒙上了雙眼，看不到光亮。究竟怎麼做才對？究竟誰才是惡，誰才是善？小孩翻著書，心想寧蕭怎麼會寫出這種故事呢。從始至終，字裡行間就透露著絕望的氣息，就連唯一象徵著光明的人物，最後也枉死在受害人家屬手中。

看得讓人氣悶，也讓人對世界充滿質疑。

「看完了？」

就在張瑋瑋發愣時，頭頂上傳來一個聲音。

赫野從小孩手中接過這本書，彷彿撫摸愛人一般撫摸著書封。

「這是我最喜歡的一個故事。」

因為在這個故事裡，他看到的寧蕭，和他是同一種人。赫野最欣賞的，就是寫下這本書時的寧蕭。可惜，因為結局太過灰暗，這本書的銷量並不好。人們只憧憬美好與光明，下意識地排斥這一類絕望的故事。

然而，正是因為缺少什麼，才憧憬什麼。正因為現實中本來就沒有多少美好善良，所以愚昧的人才更加渴望那些虛假的故事。真正描述這個社會本質的作品，卻被他們拋到腦後。

赫野不甘心這個故事被人遺忘。

《負罪者》，寧蕭的第一本小說，也是被赫野設計成現實案例的第一個案件，他不知費了多少心思，才讓故事化為現實。

但即便是寫出這個故事的寧蕭，以及設計出真實案件的赫野，都沒料到……故事的關係人會真的出現在他們面前。

三年前，赫野百般謀慮，步步設計，最終讓一切如他希望般實現，將小說化為現實。

三年前，寧蕭因此受到劇烈刺激，罹患間歇性失憶。

三年前，徐尚羽失去了他的養父。

不一樣的是，在現實中，徐尚羽的養父並不是被被害人的家屬刺死，而是被他親手救下來的犯人刺殺。

「我恨你！為什麼不殺了我！」

直到他死亡時，耳中聽到的都是被犯人的恨意。

記憶中養父的笑貌已經越來越模糊，然而一直銘刻在徐尚羽記憶中的，是那天他看到——那個永遠不會倒下、永遠替他遮擋風雨的人，躺在血泊中。

他的父親，熱衷於刑警的工作，兢兢業業，認為自己的職責就是保護所有人，哪怕是犯過罪的人。

這個世界卻是怎麼回報他的？

三年後，徐尚羽打聽到寧蕭在黎明市隱居。

三年後，徐尚羽調轉到黎明市刑警總隊任職。

「隊長，你認識這個叫寧蕭的嫌疑人？」

「不認識。」徐尚羽裝作不在意，揮了揮手手中的資料。「走吧，上門找人。」

當寧蕭開門的那一刻，徐尚羽清楚地感知到，有什麼開始轉動了。

他向這個世界的報復，開始了。

第六十四章

消失的三小時（十二）

IT MUST BE HELL

「時間定好了。」

電腦前的人轉過身說：「明天上午十一點，我約了他在郊外見面，你的事能不能辦成……就看你自己。」

聽著這番話的徐尚羽正坐在地上，一下一下地磨著匕首。匕首鋒銳、尖利，迎著陽光刺出點點寒芒。

他點了點頭，沒有回答。

老七看到他這樣，反是好奇道：「你真的決定對赫野下手？」

「不是我，是我們。」徐尚羽道：「不要忘記，幫我約他出來的你，也是共犯。還是說其實你是向著赫野，不想對他下手？」說到這裡，徐尚羽食指撫摸冰冷的刀刃，抬起頭看了張七一眼。

對於這樣的質疑，老七笑了笑，不答反問道：「你知道赫野是個什麼樣的人嗎？」

不待徐尚羽回答，他自己道：「高於常人的智慧，絕望之中的冷靜，無時無刻的理性……這些優點他都有，但同時他也瘋狂，也肆無忌憚。他把自己的智慧用在犯罪上，足以讓世上任何一個政府都為之頭疼，但事實上世界存在不少像他這樣的人。」

「這些人的共同特點都是夠聰慧、夠優秀，有著十分出色的個人魅力。最重要的是他們清楚地知道自己想要什麼，也知道怎麼去獲得那些。這樣的人，我們一般把他們稱為——領袖。」

張七道：「赫野就是一群犯罪者的領袖。毫無疑問，他的魅力不可抵擋。他是危險的，但也是迷人的，在崇尚力量的人看來，赫野就是他們的神。」

「你說這些，想證明什麼？」徐尚羽問。

「我什麼都不想證明。」老七道：「我只是好奇，對於這麼一個有人格魅力的傢伙，為什麼你能抵抗他的誘惑，甚至還想殺了他？要知道，根據我調查出的情報，最容易受赫野吸引的有兩類人，一類是心懷幻想崇拜強者的年輕人，還有一類，就是被社會排斥的邊緣人士。以你的經歷來看是屬於後者，為什麼——」

張七頓了頓，看了徐尚羽手腕上的刀疤，笑道：「三年前，赫野見過你吧？當年他似乎很熱衷攛掇人自殺，不過似乎在某人那裡碰了壁呢。」

徐尚羽從未向人解釋過自己手腕上的傷痕，但對於張七會知道這件事，他並不意外。張七與赫野是合作關係，而這傷疤，是自己當著赫野的面割開的。

「當我聽到他下手失敗時，還真的嚇了一跳，竟然有人能不受他的教唆。最厲害的是，這傢伙不僅矇騙了赫野，假裝自殺，最後還差點讓赫野栽了。」張七意有所指道：「能從那個教唆犯的自殺洗腦裡逃出來的，你似乎是第一個。我很好奇，究竟是什麼讓你拒絕死亡？」

當時徐尚羽在養父死去後，失去了一直以來追逐奮鬥的目標，對刑警存在的價值也心存疑惑。然而即使是這樣處在絕境中的他，仍沒有受赫野蠱惑。

知道這件事後，張七一直十分好奇。今天，他想親自問問當事人。

「因為我還不想死。」

只有這一句話，徐尚羽不再多說。

讓一個人死去的原因有很多，而讓一個人不願意死去的原因只有一個——他不想死。

張七似乎很不滿這個答案，想再問些什麼，徐尚羽卻打斷了他。

「明天你和我一起去。」

張七挑眉。「你不放心我？」

「……」

見徐尚羽默認，張七也自嘲一笑。「算了，我跟你去就是。本來我也——」

嗡。

桌前電腦突然閃了一閃，接著整個屋子陷入一片漆黑。張七嘴裡的話被突發狀況嗆住，轉口道：「怎麼回事？」

「停電，人為的。」徐尚羽皺了皺眉，「他們在查這附近的不明訊號源。」

這話裡的他們，指的自然是警隊的人。徐尚羽成功潛逃，明顯有電腦高手在幫他清理後路。知道這點的刑警們，自然不會放過對全市進行搜索。

「我勸你不要啟用備用電源。」徐尚羽道：「這個時候開啟電腦，可能會被他們查出蹤跡。」

張七顯得有些焦躁，他不停地啃咬著手指。過度依賴電腦的他，一旦失去了這個最得力的幫手，就會陷入一種焦急中。

徐尚羽淡淡看了他一眼。

「我會注意時間。」徐尚羽看了眼手表，輕輕地闔上雙眼。「明天十一點，跟我去見赫野。」

說完這句話，他就不再吭聲。

房間陷入一股詭異的沉默中，兩人都在為即將到來的明天各自謀慮。

郊區，一棟荒廢的大樓內。

看著張瑋瑋喝了加了安眠藥的牛奶後很快睡下，赫野輕輕關上門，離開了房間。

「明天也要帶他？」

一直守在門外的年輕女人皺眉問道：「帶著一個小孩，只是增加累贅。」

赫野笑了笑。

「妳知道我們明天要去見誰嗎？」他問。

女人道：「張七？」

赫野搖了搖頭，笑而不語。

「去見一個很有意思的人。」

女人並不笨，她很快就猜出了真相。

「張七背叛了我們？」她憤怒道：「他出賣你，還引誘你去見別人？」

「本來就只是利益關係，沒有背叛一說。」赫野道：「而且我也很想再見那個人一面。」他摸向胸口，那裡的槍傷似乎還隱隱作痛著。

赫野抿起唇。「他留給我的印記，我還沒好好報答他。」

月光從破舊的窗照進來落在赫野的側臉上，給他披上一層銀白的光。女人看著男人許久後，緩緩低下了頭，用如同在對神明祈禱的虔誠語氣道。

「一切謹遵您的囑咐。」

赫野看了對自己俯首的屬下一眼後，又望向遠處。

「事情該有結果了。」

月光柔柔地撫摸著他的臉龐，似乎是在親吻著這個男人。這一夜，格外漫長。

隔天，徐尚羽被自己手表的鬧鈴吵醒。他推醒張七，示意該出發了。

張七模模糊糊地道：「已經到時間了？太陽還沒出來啊。」

「九點了。」徐尚羽說：「外面在下雨，今天不會出太陽。」

張七看著他把一把槍和一把匕首塞進懷裡，問道：「喂，你有沒有想過，如果赫野早有準備，你要怎麼對付他？」

「我自有打算。」

張七哼了哼，不再說話。

十點，整裝完畢的兩人避開人群和大道，悄悄離開市中心，往郊區前進。

十點四十分，赫野翻看一條最新收到的資訊。

「他已經到了。」他帶上一抹微笑。「我們也該出發了。」

十點五十，徐尚羽與張七抵達約定地點，先後進入目標建築。

十點五十五分，狙擊手青蚨就位。

十一點零九分，赫野查閱完最後一條簡訊，站在目標建築物前，抬腳進入。

時間退回徐尚羽與張七剛剛抵達目的地時，跟在張七身後的徐尚羽一路尾隨，看著張七進了見面地點，還沒多久就聽見裡面傳來雜物翻倒、有人爭執的聲音，他拉開保險，持槍翻進裡屋。尚未落定，一個冰冷的金屬物便從身後抵上了他的太陽穴。

徐尚羽被逼著放下槍，緩緩轉頭看向身後的人。他看見的是好整以暇的張七，以及空蕩的屋內，完全不見赫野的身影。

徐尚羽沉下聲音。「你背叛我，和赫野聯手？」

張七笑：「沒有背叛，我和赫野本來就是合作關係。而你，也是我們合作的籌碼。」

門外，傳來一道沉穩有力的腳步聲，有人正在走近。

「我記得我問過你。」張七道：「如果赫野早有準備，你打算怎麼辦？」

徐尚羽全神貫注地看向門口，聽著越來越近的腳步聲，屏住呼吸。

十一點十分，季語秋坐立不安，他不知道那個人的計畫是否順利，又是否能平安。他在屋內轉來轉去，最後還是放不下心，披上大衣準備出門。

「科長，你要去哪裡？」

身後傳來某人戲謔的聲音。「這麼早去吃午飯，會不會太心急了？」

季語秋轉過頭，看向來人。

「……是你。」

于孟微微一笑。

「真是不好意思。」他道，同時舉起手中的槍對準季語秋。「這個時候，我可不能讓你去破壞我們老大的計畫。」

十一點十五，赫野按照計畫，來收取果實。

他走到門前，雙手撫上門把，輕輕一推。

這一次，要讓一切都結束。

第六十五章
消失的三小時（十三）
IT MUST BE HELL

帶著鐵鏽的大門在他眼前緩緩打開。

頓時之間，彷彿打開了通向另一個世界的大門。

屋內光線比室外暗了許多，赫野適應了兩秒，才看清室內情景。空氣中瀰漫著不知名的粉塵，安靜的室內可以聽到排氣扇運轉的聲音。然而赫野此時無心顧及其他，他只專心盯著屋子正中央。

那裡有一個坐在椅子上的人。

由於背著光，赫野無法看清他的臉龐，只能看到其朦朧的身影。

這人正把玩著一臺手機，在赫野進屋時抬起看向了他。兩雙漆黑的眸對視的瞬間，赫野瞳孔縮了一縮，他認出了這個人。

「是你……」赫野聽見自己的聲音，帶著些許驚訝，不過更隱藏著幸福。

他一字一字地喊出對方的名字——

寧蕭！

寧蕭抬眸看他，收起了手機。

「我等你好久了。」他站起身。「這一次，是不是該算算總帳了？」

話音剛落，他輕輕地打了個響指。瞬間，屋內所有的燈同時被打開。瑩白的燈光映照著寧蕭的面容，他望向赫野。

「從三年前開始算。」

時間回到三小時之前。

徐尚羽被張七用槍制住，動彈不得，兩人聽著門外越來越接近的腳步聲，張七眼中是克制不住的期盼和激動，徐尚羽則低下了頭，彷彿不再抱有希望。

終於，來人將手搭在門把上，輕輕轉動。門逐漸被打開，露出門外的人半個身影。

張七忍不住高呼：「赫——」可隨即，他發現不對，眼中的期待變成了驚慌，「怎麼是你！」

就在他失神的這一秒，被制住的徐尚羽猛地回身打飛他手中的槍，順便將他踢向牆角。

張七捂著腹部，好不容易掙扎著起身，只看到徐尚羽一溜煙跑出門外，大門在他面前關上，還傳來用鐵鍊上鎖的聲音。

直到這時，張七終於發現自己上當了。

「你們設計騙我！你們……」他表情猙獰，似怒似笑，最後張狂大笑。「哈哈哈哈！好你個徐尚羽！我還以為你已經棄暗投明，沒想到你是詐降，故意來誘我上當！好，真是好算計！」

門外，徐尚羽揉了揉被槍頂住的後腦勺。

「彼此彼此。」你也沒少和赫野來算計我。

「哈哈，可是來得及嗎！你為了騙取我的信任，已經犯下不可挽回的大錯，你以為你還回得去？」

聽著裡頭氣急敗壞的聲音，徐尚羽看了身邊的搭檔一眼，須臾，揚眉一笑。這一笑，好像將連日背負在身上的重擔都卸下，又恢復成那個自信沉著的刑警了。

徐尚羽懶洋洋地道：「既然都要騙你了，我就不能多做幾個騙局？」

裡面的張七一愣，隨即意識到了什麼，臉色一變。

都是假的？徐尚羽背叛警局是假的，難不成殺人也是假的？怎麼可能，他們的人可是親眼看見被徐尚羽丟下的屍體！不不不，就算退一萬步，前面那些都是徐尚羽他們設計騙自己的，可他們跟著自己來到了這裡，總是不會錯的。

想到此，張七冷冷一笑。「我不知道你在算計什麼，可是你跟著我到了這裡，就不可能有後路。馬上就到十一點了，赫野一到，你們誰都別想平安離去！」

這個見面地點，只有他和赫野，就算徐尚羽再神通廣大，也不可能提前聯絡好警方在這裡安插人手。只要赫野抵達，徐尚羽他們就逃不了了！

這時，一直站在徐尚羽身旁的那個人，總算是說話了。

「十一點？」那人輕笑。「你看看外面的天色，現在究竟是什麼時候？」

張七聽見他的話，後背一寒，隨即緩緩轉過頭，透過唯一的排氣孔，隱約看見外面些微的陽光。這明明是太陽初升時的跡象，哪裡像是徐尚羽之前說的陰雨天？

「現在才剛八點。」靠著門的徐尚羽看了眼手表，對裡面的人道：「你要等的赫野，還要三個小時才會來。」

張七整個人都愣住了。他終於明白，為什麼自己看著天色不對時，徐尚羽要說是陰雨天……為什麼出城時徐尚羽不走大路，偏偏挑小路走……想必連昨晚的停電，也是這幫人故意算計的！一切都是在為了掩飾正確的時間！

為了讓自己產生錯覺，將早上八點當成是十一點，神不知鬼不覺，偷走他這三個小時！

在這之間，警方的人有足夠的時間埋伏下人手，將他們一網打盡。

他是徹徹底底被門外這兩人算計了。徐尚羽，還有——寧蕭。

失蹤幾日的寧蕭此時正站在徐尚羽身旁，不需言語他們就流露出默契的配合，完全不像幾日前寧蕭當眾揭穿徐尚羽嫌疑時的模樣。

「不愧是寧蕭。」張七道：「騙過了我，也騙過了赫野。虧赫野還對你——」

寧蕭打斷了他的話，冷冷道：「有時間擔心別人，不如擔心自己吧。」

張七一頓，隨即發覺周圍的不對勁，不知什麼時候排氣扇已經被打開，一股粉塵從排氣孔飄了進來，逐漸布滿整個屋子。張七心下驚恐，下意識地有了不祥的預感。

而門外的那人，給了他最後一擊。

「正如你所見。」寧蕭道：「這個房間，有沒有很眼熟？和你那天在餐廳那裡布置得是不是一模一樣？」

張七已經聽不見寧蕭的話了，他看著那道粉塵，像是看見了惡魔，滿臉驚恐。在他眼中，這根本不是無害的塵埃，而是足以將人炸成肉末的炸彈。

粉塵炸彈！

「麵粉和其他一些粉塵，在空氣中的密度達到一定比例時，遇見明火就會爆炸。」此時，寧蕭還很有閒心道：「這種爆炸的威力足以將人炸成碎塊，爆炸後卻不易留下痕跡。而凶手，卻可以使用各種方法製造明火。」他摸著地上那根通向屋內的引線，輕輕笑道：「張七，被自己殺人的手法殺死，感覺如何？」

「不！你不能！」張七狠狠道：「你不能濫殺無辜！」

「為什麼不能？」寧蕭反問道：「既然你都能用自己的正義觀去隨意殺死別人？為什麼我就不能？」

發現說服不了寧蕭，張七連忙喊：「徐尚羽，你不是刑警嗎！你要眼睜睜地看著這傢伙殺了我嗎？我是公民，就算犯了法也要接受法律的制裁，你們不能濫用私刑！」

徐尚羽像是聽到一個天大的笑話。「法律？用不到時將它棄如敝履，救命時又拿它出來當護身符。張七，寧蕭說的很對，你能憑藉自己的正義去殺死別人，憑什麼我們不能用我們的正義來殺你？」

「你、你是認真的？」

徐尚羽沒有回話。

隨即，張七意識到門外的兩人不像是在開玩笑。他閉了閉眼，再次開口時，眼中滿是血絲。

「……要我做什麼，你們才能放我一命？」

屋外，徐尚羽與寧蕭對視一眼，在彼此眼中看到了笑意。

「赫野的聯絡方式。」寧蕭道：「把你聯絡他的方式告訴我。」

他要將赫野親自引誘到這裡。

幾小時後，赫野接到「張七」發來的確認簡訊，起身向目標地出發。

而寧蕭看著用張七的手機發送的簡訊，微微一笑，他等了好久，終於布置了最後一局——

甕中捉鱉。

第六十六章

終章（一）

I T M U S T B E H E L L

房間中瀰漫著淡淡的煙塵，光線難以穿透，折射在煙霧中，像是蓋上一層朦朧的光罩。

即使是在這樣的環境下，赫野仍舊一眼認出寧蕭。他的眉眼，他的面目線條，赫野在心中揣摩過無數次，絕對不會忘記。因為寧蕭是世上絕無僅有的，能夠明白自己的人。

起初看到寧蕭的《負罪者》時，赫野便有一種感覺。是他，就是他，只有這個人能夠真正明白自己！

此刻，看到原本不應該出現在這裡的寧蕭，赫野卻未顯得多麼意外。

他輕輕笑出聲。

「三年前的事，你還記得？」

寧蕭微微閉起眼，雙手用力，似乎是在努力克制自己的情緒。

「當然記得。」

他冷冷地回道：「三年前，要不是你，我還不會體認到自己正在犯多大的錯誤。」

寧蕭看著對面的人，心裡醞釀著一股怒火。

剛開始寫小說的時候，他寫的與其說是推理小說，不如說是犯罪小說。作品中推理情節並非最重要的，而描述犯罪者的心理卻占據絕大多數。不得不說在那個時候，每當描繪著凶手內心陰暗的犯罪情緒時，寧蕭心中總會升起一陣莫名的快感。好像憑藉這些描述，他就能掌握住自己一直以來尋求的某種事物。

一個個窮凶極惡的罪人，一段段扭曲的情節，在他筆下誕生，帶給他異樣的愉悅。如果不是發生了之後的事情，寧蕭恐怕還會一直沉浸下去。

正是因為赫野，他將寧蕭的第一本書活生生地搬到了現實中！目睹了那與原著中簡直一模一樣的情節，以及幾乎是以相同死法死去的刑警，那一刻，寧蕭的內心崩潰了。

他為什麼寫小說？就是為了讓這些犯罪成為事實嗎？就是為了將世界的

陰暗赤裸裸地掀開，讓每個人都痛不欲生嗎？這樣的話，他又與這些罪人有什麼不同！

正是從那一次開始，寧蕭罹患了間歇性失憶的心理疾病，也是從那天開始反省自己寫作的因由。直到今天——

「赫野。」寧蕭說：「我要在這裡，為你我犯下的錯誤贖罪。」

「贖罪？」

赫野好像聽到了有趣的事情，黑眸熠熠閃爍。他看向寧蕭，像個天真的孩子一樣。

「你來告訴我，我犯了什麼罪？即使沒有我，應該發生的事情注定會發生，只是時間早晚的問題而已。」赫野淡漠道：「愛恨，爭執，因此產生的糾紛和死亡，這本身就是人類生活的基礎，是與生俱來的事物。沒有我，世上就沒有殺人犯嗎？」

寧蕭道：「沒有你，就不會有那麼多無辜的人死去。」

赫野笑：「以前也有人像你這樣說過。他說，如果沒有我，就不會有那麼多人自殺。而你說，如果沒有我，就不會有那麼多人死去。聽起來，我就是這個世界最大的惡。那麼我問你，寧蕭，沒有了我以後，這個世界真的會變得美好嗎？哪怕是那麼一點點。」

寧蕭沉默不言。

赫野繼續道：「不！一點都不會。該憤怒怨恨的人依舊會怨恨，該死去的人依舊會死去。而我，頂多是推了他們一把，給了他們一個發洩的機會而已。這難道不是在幫助他們嗎？寧蕭，從你的文字裡，我看出了你對這個世界的憤怒與不滿。我本以為，你是第一個能夠理解我的人。」

寧蕭說：「沒有人能理解你。」

「不，你能。」赫野道：「罪犯、殺人凶手、罪惡，這些詞是生來就出現在世上的嗎？不，不是。人類剛誕生時，根本沒有善惡之分，之後隨著社會的進化，人們才劃分出了所謂的善與惡。」

赫野繼續笑道：「什麼是善，什麼是惡？對於這個世界上的統治者來說，利於鞏固統治權的，便是善；破壞他們既得利益的，則是惡。而犯罪，在我看來就像是一個個抗爭者，孤獨地對抗著整個世界統治者的秩序。

「為什麼不能犯罪？為什麼不能殺人？拋開那些假仁假義的說教，有仇報仇，有怨報怨，快意恩仇不好嗎？強者生存，弱者死去，這本來就是自然的法則，這樣有什麼不對？」

赫野冷聲道：「世上根本就沒有聖人，誰都有過卑鄙下作的念頭。好人與壞人的區別，只不過是那些偽善者還沒來得及作惡而已。所以，即使我有罪，這世上又有哪個人沒有罪，誰又有資格懲罰我？」

寧蕭不語。

「寧蕭。」赫野看著他，放緩了聲音，「你也明白這些的，是不是？就像是今天，你之所以能夠在這裡質問我，就是因為你是強者。你識破了我的計謀，拆穿了我的算計。所以，你可以在這裡拿捏我的性命。」

「不。」寧蕭終於抬頭，反駁他。「我能站在這裡，是因為我沒有像你一樣墮落，把人命當作兒戲，肆意玩弄別人的人生。」他手腕翻轉，甩出袖子裡的槍直直對向赫野。

「不過赫野，你說的沒錯，強者生存弱者死亡，這本來就是物競天擇的法則。」

即使被槍指著，赫野臉上還是露出喜悅。「你認可我……」

「但你忘記了最重要的一點。」寧蕭打斷他。「人類不是動物，也不是野獸。我們最重要最真實的東西，是感情。」

正是擁有著這些情感，愛與恨，悲傷與歡樂，所以人類才不能以弱肉強食這樣的理由輕易死去，才不能簡單地決定仇怨生死。因為人類的感情並不是交易。不是放在天秤上秤一秤，誰欠了誰多少，就可以切幾兩去彌補回來。

「你不懂什麼是情，只把人命視作遊戲。赫野，其實你很可悲。」寧蕭道：「因為這說明自始以來，根本沒有誰真正愛過你。」

「夠了！」赫野突然大吼一聲，半張臉掩藏在陰影裡。半晌，他才沙啞道：「我很遺憾，我很遺憾，寧蕭。」再次抬起頭來時，他看向寧蕭的目光已經有幾分陰沉，「原來連你，也根本不理解我……」

「小心！」

暗處突然傳來一聲驚呼。

寧蕭只覺得腳下一個趔趄，便被人絆倒在地。

砰地一聲，子彈擊中地面，正是寧蕭剛剛站立的位置。徐尚羽從暗處跑出來護住寧蕭。「失算了！他還有別的狙擊手！」

不只一個狙擊手，除了青蚨外，還有其他狙擊手躲藏在暗處！赫野早知道這可能是寧蕭他們的計謀，有備而來！

「躲起來！」徐尚羽一把將寧蕭拉到窗外看不見的陰暗處，他們只能眼睜睜地看著赫野推門而出。

臨走前，赫野投過來的視線，讓徐尚羽心中莫名地發涼。他總覺得自己好像還遺忘了什麼。

「他跑出去了。」寧蕭道。

「沒關係。」徐尚羽說：「邢隊他們已經到了，就在你拖延赫野時，他們已經剿滅了赫野的一部分人手。他逃不出去的。」

寧蕭狠狠咬牙看著手中的槍。徐尚羽嘆了口氣，知道他在想什麼。他們本來派寧蕭拖住赫野，就是準備在這裡一舉擒下赫野以及他的團隊，誰知道差點賠了夫人又折兵。

「你早就該知道，這傢伙不是那麼好對付。」徐尚羽安慰他道：「放心，我們還有機會。」

寧蕭看著赫野逃離的方向，默默點了點頭。

與此同時，刑警總隊內，季語秋和于孟還在對峙。

季語秋看著對自己舉槍的于孟，笑了笑。「真沒想到會是你。」

「是嗎?可我早就想到了。」于孟冷冷道。

「所以你故意接近我,潛伏進鑑識科。」季語秋道:「都是為了今天所做的準備?還真是頗費心機。」

「彼此彼此。」于孟道:「我倒是想問你,季科長,你是什麼時候和他聯繫上的?」

「誰?」季語秋明知故問。

「赫野。」于孟冷冷道:「你是什麼時候成為赫野的暗線,開始為他偷運情報的,季語秋。」

一句話,宛若在房內投下一道晴天霹靂。

季語秋眨了眨眼,上上下下地打量于孟,終於恍然大悟。

「原來如此。我還覺得奇怪,為什麼徐尚羽短短三年就能當上隊長。為什麼他犯了殺人命案,警隊只是下了個通緝令,並沒有其他舉動。為什麼那天追擊徐尚羽,沒有讓我前去檢驗車裡的屍體。這樣,一切都說得通了。」

季語秋道：「徐尚羽之所以被派到黎明市，也是你們的計畫。他根本就不是普通的刑警，而是你們拿來引誘赫野上鉤的魚餌，和寧蕭一樣。我說的對嗎，于孟？」

他笑了笑。「不，應該稱呼您——國安局特別行動員。」

于孟握緊了槍，「你現在束手就擒還來得及。」

「束手就擒？」季語秋聽完，大笑。「讓我乖乖被你們抓住，成為你們報功的籌碼嗎？不過，你確信你們現在有資格說這句話嗎？你以為，你們真的已經占據優勢了？」

看著他嘴角的笑意，于孟心下一寒。

「你！」

他話還沒出口，就聽見郊外一陣巨大的爆炸聲。驚天動地，彷彿是天地傾塌。

季語秋看著遠郊那直沖上天的火光，嘴角擒起一抹笑意。

「于隊，于隊！」

趙雲破門而入，「剛剛我們和隊長他們失去聯繫了！」

于孟喝問：「邢峰那邊呢！」

「也沒有回應！最後傳來的聲音就是那陣爆炸聲，現在情況不明！」

于孟聞言，狠狠地瞪向季語秋。

「你究竟想做什麼？」

「做什麼？」季語秋搖了搖頭，「不，我什麼都沒有做。你應該問的人，不在這裡。」

季語秋也很想知道。

赫野，在這個終局之時，你究竟打算做什麼？

張瑋瑋被帶到了車上，不知道要去哪裡。

「姐姐。」他問著開車的年輕女人，「我們要去哪裡？」

開車的女人頭也不回。

「去一個地方。」

「遠嗎？」

「不遠。」開車的女人道：「這世上每個人都會去的地方。」

張瑋瑋不再說話，安靜地坐在車內。

不久後，他和城內的其他人一樣看到了遠郊升天的火焰與塵埃。

煙霧被狂風吹來，帶著濃烈的硝煙味逐漸散布在整個城鎮。

像是在宣告著，一場即將到來的腥風血雨。

第六十七章

終章（二）

IT MUST BE HELL

爆炸的硝煙味直沖進口鼻，寧蕭被人緊緊壓在身下，等到劇烈的衝擊波過去後才有空喘口氣。

「徐尚羽！」

他做的第一件事，就是爬起來檢查身上的人。

「你沒事吧？」

徐尚羽本來壓在他身上，現在起身坐到一邊。神色狼狽，弓著身子。

「我沒事。」他沙啞著回，眉頭卻緊緊皺在一起。

「讓我看一看，你……」

寧蕭去看他後背，一看之下大驚失色，只見徐尚羽後半身一片狼藉，衣服被爆炸的碎片割裂破碎，鮮血混著沙塵浸透了後背，傷口處皮肉外翻，看起來十分猙獰。

「你！」寧蕭道：「我馬上叫救護車，你忍耐一下。」

徐尚羽笑：「沒事，不是什麼大傷。倒是邢隊那邊，你叫救護車過去看看，不知道他們情況怎麼樣？」

爆炸的中心應該是在屋外某處，衝擊波從窗外襲來，玻璃碎片和碎石成為了刺傷人的暗器。兩人渾身都沾滿了塵土，臉上也有許多細小的劃傷，形容狼狽。

寧蕭推開身邊的雜物，小心地向外看去。「現在外面情況怎麼樣？」

「不知道，通訊設備都不能用。」徐尚羽道：「只希望不要出現傷亡。沒想到這一次，還是被他算計了。」

兩人皆沉默下來。

本來這一局徐尚羽將計就計，準備將赫野引誘出來一網打盡，誰想到赫野竟然使出這一手。屋外，煙塵漫天，幾處房屋還在燃燒，沖天的火焰彷彿是某人囂張的笑容。

這一局，他們沒有贏。

徐尚羽拍了拍寧蕭的肩膀，「我們還有機會。現在赫野身邊的人手都被清除得差不多。剛才爆炸那麼強烈，他們剩下的人肯定也來不及撤退。只要我們後續的增援趕到，就可以將赫野擒住。」

寧蕭沒有說話，他心裡還是隱隱有不祥的預感。

「你是在擔心瑋瑋？」徐尚羽看著他的神色，道：「不是接到消息說赫野將他丟給手下照顧，沒有帶過來嗎？」

寧蕭搖了搖頭。

「赫野既然打算魚死網破，就絕對不會放過任何抓住我們把柄的機會。」而張瑋瑋就是赫野手中最好的一枚棋子。徐尚羽和寧蕭，誰都不想讓這個孩子出事。

彷彿是為了驗證寧蕭的預感，屋內突然響起了手機鈴聲。在爆炸剛過、硝煙未散的此時，鈴聲迴響在空曠的走道裡，顯得格外詭異。更何況，這支手機是從張七那裡強要過來的，專門用來和赫野聯繫。那麼這個時候，又會是誰打電話過來呢？

兩人對視一眼，寧蕭上前拿起手機，按下了接通鍵。

首先傳來的是一陣笑聲。

「哎，沒想到真的接通了，我只是打算試一試的。」

從手機裡傳來微微有些變調的熟悉聲音。

果然是赫野。

「怎麼樣，喜歡這份禮物嗎？」

寧蕭沒有說話，只是靜靜地聽著。他不知道赫野又打算幹什麼，在沒有探清情況之前，保持沉默是最明智的選擇。

像是知道接電話的人是誰，赫野停了停，又道：「你想要一個結局，那我就給你一個，如何？」

他說：「寧蕭，我們來玩一個遊戲。」

寧蕭終於開口：「什麼遊戲？」

「賭。」赫野輕笑：「我在全市兩個地方準備了炸彈，設定為一個小時後爆炸。從你現在的地點抵達兩個炸彈處，是半個小時內的路程。我不會告訴你炸彈設在哪，同樣也不會阻止你去拆除。而你唯一要做的，就是在這一個小時內找出兩枚炸彈，並獲取裡面的暗碼。上面標注的，就是我現在的藏身地。

「我只等你一小時，過了時間你沒有出現，就再也沒有機會抓住我。當然，如果你不僅沒有找出暗碼，也沒有找到炸彈，後果可以想像。

「對了，拆彈的唯一方式是你的指紋驗證。」赫野最後道：「現在，計時已經開始了，我等你的好消息，寧蕭。」

嘟嘟嘟，手機裡傳來忙音。

寧蕭掛斷手機，抬起頭看向徐尚羽，眼眶裡泛出微微血絲。

「其中一枚炸彈，一定是在張瑋瑋身上。」

他就知道，赫野這個瘋子，不會就這麼輕易地放過他們。

「寧蕭……」徐尚羽憂心地看著他，正要說些什麼，外面突然傳來一陣激烈的交火聲！

交火聲由近及遠，似乎是兩批人在相互對峙。徐尚羽眼神一肅，矮身摸到窗前查看情況。

「是赫野的人在和邢隊他們交火！」他道：「他們在掩護赫野撤離。」

「情況怎麼樣？」

「邢隊他們落於下風，撐不下去了。」徐尚羽皺著眉。「赫野的人撤走了，他們沒有繼續開火，壓制住了火力就趁機離開了。」

「他的目的是撤退到安全的地方。」寧蕭道：「他不會對邢峰他們趕盡殺絕。等赫野撤走後，我們就與邢峰會合。」

「嗯。」

十幾分鐘後，交火聲徹底消失，又等了一會，寧蕭才扶著徐尚羽從藏身處走了出來。沒走多久，他們就遇到了同樣是傷兵滿員的邢峰一群人。

「小徐！」邢峰自己也吊著一隻受傷的胳膊，但是看見半個身子都被染紅的徐尚羽還是吃了一驚。「你沒事吧？」

徐尚羽笑著擺擺手。

「看起來很嚴重，其實只是一些劃傷。」

邢峰呵斥道：「那也不能大意，要是傷口感染了怎麼辦？」說著就拉過徐尚羽，讓身邊的隊員給他簡單地清理傷口。

徐尚羽苦笑道：「現在沒這個時間了。我們有一件重要的事要說，邢隊，恐怕赫野還想要跟我們玩一把大的。」

「究竟是怎麼回事？」

兩人將情況大概說明。邢峰聽罷，臉色很是難看。

「也就是說現在市內藏著兩顆炸彈，沒有人知道在哪，而這炸彈隨時威脅著市民的生命。」邢峰狠狠地砸在一旁的牆壁上。「這赫野，竟然膽敢做出這種事！」

寧蕭道：「以往，他不會親自做這些，但是現在他也被逼上絕路了。這是我們和赫野的最後一局，不能輸。現在每一分每一秒都很珍貴。」

「可是現在所有的通訊工具都被阻斷訊號了，我們怎麼聯繫外面？」邢峰皺眉。

「這個還能用。」寧蕭掏出從張七那裡搶來的手機。「過來之前，我跟總隊那邊說明了情況，他們已經在全市人群集中的地方疏散人員，也在排查所有的可疑地點。我還讓他們帶了一個人過來。」

「帶人？」邢峰問：「這個時候你想見什麼人？」

寧蕭還沒說話，只聽見出口處一陣喧鬧，隨即幾輛警車呼嘯著開了過來，在它們之後，救護車也緊急趕到。

「隊長！」趙雲和陸飛一下車，就向這邊跑來。尤其是陸飛，看見渾身是血的徐尚羽，他整個人大驚失色。

「啊啊啊，隊長！你不要有事啊！我好不容易才能見你一面，你不能就這樣拋下我啊，隊長！嗚哇嗚哇……」

看見一股腦撲過來的陸飛，徐尚羽沒好氣地把他推到一邊。

「沒事也得被你們氣死。怎麼跟著過來了，那邊的事情解決了嗎？」

陸飛眼前一亮。「解決了！于孟的身手真不一般，兩三下就把季科長……不，把季語秋給拿下了。沒想到啊，平常看起來這麼文弱膽小的一個人，竟然是扮豬吃老虎。對了，隊長，你是怎麼知道季語秋不對勁的？」

怎麼知道的？要是沒有人和赫野暗中聯繫，赫野能那麼清楚警隊內部的事嗎？尤其每次季語秋總是若有若無地在關鍵時候提點眾人一聲，然後讓事情按照赫野的計畫走。不過徐尚羽不想和陸飛解釋那麼多，他揮了揮手，讓陸飛去一旁蹲好。然後，才有時間看看寧蕭讓他們帶過來的人。

那被銬住雙手押過來的人，竟然是早上剛剛拿下、才送進警隊沒多久的張七。

「時間不多，我只能長話短說。」

寧蕭站在空地中央，對眾人道：「赫野要玩的這個遊戲，我們有兩點不利。一，他可以無視市民的安危，但我們卻要受到限制，必須在一個小時內拆除炸彈。二，除了聲明有兩個炸彈外，赫野沒有做任何地點的提示。這樣找起來相對而言難度就會增大。不過，也不是沒有任何線索。早上有人傳來消息，張瑋瑋被赫野的一個屬下帶走，我懷疑其中一個炸彈就在這個孩子身邊。」

「有什麼理由嗎？」邢峰問。

「赫野好勝心強，也十分記仇。」寧蕭道：「對於他來說，我和徐尚羽是破壞他計畫的罪魁禍首。他一定會想方設法拿捏我們倆的弱點，對著我們的痛處下手，而張瑋瑋正滿足了這點。」

「那你把這小子叫回來，又是打算幹什麼？」邢峰踢了張七一腳，張七臉色慘白，畏縮著不敢說話。

寧蕭看著張七，對著他露齒一笑。

「物盡其用。」

在張七看來，露出笑容的寧蕭，比剛才那個冷面刑警還要可怕。他的笑意，並沒有抵達眼中。

第六十八章

終章（三）

IT MUST BE HELL

「阿姨，我們還要坐多久？」

張瑋瑋屈膝坐在後座上，瑟瑟發抖。他坐在車裡快有一個小時了，但是開車的女人一直在附近轉圈，從來沒停下來過。張瑋瑋又渴又餓，卻不敢抱怨，只能試探著詢問什麼時候才能下車。

年輕女人一邊開車一邊玩手機，她聽見張瑋瑋的聲音，回頭看了他一眼，似乎有些心軟。

「不要叫我阿姨，叫我西西。」

「西西……阿姨，我們什麼時候才能下車？我肚子餓了，可以吃飯嗎？」

張瑋瑋是個聰明的孩子，被這幫人抓過來之後，他漸漸發現對誰示弱才是有用的。面對赫野時，他基本上都是一聲不吭，但是面對這個女人，他知道自己可以適當提出一些要求。

「不行。」西西拒絕他，「要等有人找到我們，才可以停車。」

張瑋瑋不明白道：「那還要多久？」

西西看了下時間。

「還有四十分鐘。」她說：「四十分鐘後，一切就結束了。」

徐尚羽看著寧蕭將張七拉上車。

「你帶著他幹嘛？」徐尚羽問。

「找炸彈。」寧蕭回：「他就是我們的眼睛。」

「你確定？」

「整個黎明市有六百多平方公里，以我為中心畫出一個路程三十分鐘半徑的圓，也有近百平方公里。這麼大的範圍內，要在一個小時內找出兩顆不知道在哪的炸彈，機率幾乎是零。」寧蕭道：「但赫野不會出一個無解的謎題給我，我相信他已經給出了提示。」

「提示就是他？」徐尚羽看著張七。

「他是提示之一，另一個提示是張瑋瑋。」

如此一來便篩選出了一些條件。赫野不可能讓張瑋瑋獨自一個人，也不能放他在戶外行走，為了方便放置炸彈，必須有足夠的空間，而且還得具備一定的機動性。

想了想，寧蕭看向張七。「半小時路程內，私家車，兩名乘客，很可能一直在行駛中，幫我找出所有的可疑目標。」

張七哼了哼，似乎不大情願。

「你不是一向自詡為正義使者？」徐尚羽對他道：「假如這一次赫野的炸彈爆炸，不知會傷及多少無辜的人。如果坐視不理，你就沒有資格再宣稱自己的正義，而是和那些犯罪者一樣，是個藐視別人性命的小人。」

不知是不是徐尚羽的這句話起了作用，張七神情有些鬆動。「……好吧，我答應幫你們，僅限這一次。」

對於真正的高手來說，即使只有一臺電腦，他也可以做到很多事。

「排查出來的可疑車輛有七輛。」一陣忙碌後，張七手指著螢幕道：「距離我們十公里，有一輛白色麵包車一直在附近徘徊。向南五公里左右，一輛公車拋錨停在路邊，車內大部分人都已經下車，但有幾個乘客在車上遲遲不下。還有……」

最後根據調取的即時監控，張七找出了七個嫌疑目標，包括四輛私家車、一輛麵包車、一輛公車以及一輛計程車。這些車的共同特點是從監控根本無法看清內部情況，而且形跡可疑，一直沒有離開過附近。

「目標有點多，看來我們得分頭行動。」徐尚羽道：「我和趙雲他們一組，你和陸飛一組，邢隊帶著他的人再另外組隊。必須在半個小時內排查這七輛車，沒有時間拖延了。」

寧蕭看著他。「你的傷……」

「沒事。」徐尚羽笑。「就這一點小傷，還不至於讓我傷退。」他拍了拍寧蕭的肩膀，「我走了，這個傢伙就交給你看著。」想了想，又道：「如果赫野再聯絡你，不要被他挑撥。」

「我知道。」寧蕭點了點頭，看著徐尚羽帶著人離開。正午，陽光正好，映照在徐尚羽綁著的白色繃帶上，卻讓人覺得刺目。他收回視線，看向張七。

「你最好不要耍什麼花招。」

張七笑笑，「我從來不耍花招。」

十二點半，行動開始。刑警們分成七組，分別接近七個可疑目標。為了不打草驚蛇，他們統統換成便裝，並安排了狙擊手隱藏在附近。為了減少可能的人員傷亡，刑警們開始在七個可疑目標附近疏散人群，以減少危險。

張瑋瑋趴在車邊向外望，突然喊了聲。

「西西阿姨。」

「我還沒那麼老，不要喊阿姨。」

「……西西，我覺得外面的人好像變少了。」

西西沉默了一瞬。

「因為接你的人來了。」

張瑋瑋從後面看著她的側臉，輕聲道：「妳會讓我跟他們回去嗎？」

「回去，你想回哪裡？」西西不答反問，「我會帶你回去的，早晚。」

張瑋瑋看著她，突然有一種感悟。年幼的孩子，心裡莫名有了一種即將與世界告別的預感。

「妳為什麼要跟在赫野身邊？」他將一直藏在心裡的話問了出來，「他殺了很多人。」

這句話，他不會去問別人，比如那個叫青蚨的狙擊手。他會問西西，是因為覺得她和自己還是很相似，他們都還是普普通通的人。而不是像赫野那樣明明笑著，卻給人冷漠疏離的感覺，不似此世之人。

「因為……」腦海中轉過了無數個理由，西西隨之淡然一笑，「因為我願意。」

跟在那個人身邊，即使只做一個渺小的影子仰望，彷彿也能掌握著整個世界。赫野給她帶來了完全不同的世界，是她的神明。所以這種跟隨不需要理由，跟著自己的信仰，根本就無需理由。

張瑋瑋心有所感，明明知道赫野是個很可怕的人，可是就連他自己有時候也會不由自主地被對方吸引，也許赫野可怕的不僅是他的能力，更是他這種掠奪人心的魅力。

「但是我不願意……」張瑋瑋蜷縮在後座，「我還不想死，我想活著。」

西西憐憫地看著他，心道，這可由不得你。她看著外面，刑警們的包圍圈已經越縮越小，自己這邊也該開始做準備了。

指揮車內，寧蕭心臟突然抽搐了一下。

明明一切都在計畫中，卻總有一種事情超出了掌控的不祥之感。究竟是哪裡出錯了？季語秋已經被他們控制，張七也乖乖地合作，埋藏炸彈的嫌疑目標也都一一找了出來。

一切都很順利，十分順利，卻讓寧蕭心裡覺得不安。他看向身邊，那裡空缺了一個位置，徐尚羽不在。

因為他不在，所以自己才感覺這麼不安嗎？就在寧蕭捫心自問之時，他監控的目標突然出現了異常狀況。一輛白色的小轎車猛地加速，衝破了便衣們布署的包圍圈。

「怎麼回事？」

監控的刑警彙報道：「嫌疑人突然加速甩開了我們，現在正駛向大橋！」

寧蕭面色一變。「通向大橋的公路封鎖了沒？」

「來不及了，他開到那裡只要五分鐘，根本來不及疏散車輛！徐隊的人已經開始追緝他了！」

聽到徐尚羽的名字，寧蕭呼吸微微一窒。他目光緊盯著監視螢幕，不願錯過任何一個細節。只見幾輛警方的車緊追在疑犯車輛之後，雙方都在向大橋逼近。大橋那邊已經開始疏散，卻還有十幾輛車沒來得及撤離，其中有一輛是小學校車。

「寧蕭。」

隨身的無線通訊突然傳來徐尚羽的聲音。

「我準備抄近道狙擊嫌疑人，但是我懷疑他們這是引蛇出洞，不要放棄對其他幾輛車的監控。」

寧蕭還沒來得及和他說句話，徐尚羽就果斷切斷了通訊。

監控畫面上，一輛警車猛然加速，在小巷裡穿梭行駛，最後抄到疑犯車輛前方。警車試圖攔截對方，但是疑犯車輛幾次衝撞後突破攔截。危急關頭，有人從警車裡探出身子，舉槍射中對方的輪胎，才終於在上大橋之前攔截住。寧蕭剛鬆了一口氣，就看到一個蒙面人從車內跳了出來，跑向警車！畫面裡，徐尚羽幾乎是第一時間就舉槍射擊，可是依舊晚了一步，對方開啟了炸彈。

蒙面人倒地的那一刻，兩道紅外線同時亮起，一前一後將警車與白色轎車包圍在橋頭，而徐尚羽正好被困在這兩道紅外線之內。

那一刻，寧蕭終於明白了赫野的打算。

兩顆炸彈會同時爆炸，而唯一的拆彈方式是寧蕭的指紋。在接下來短短二十八分鐘之內，拆除這顆炸彈，和尋找另一顆炸彈，寧蕭只能來得及去完成一個。

這是赫野在逼迫他做選擇。

徐尚羽和張瑋瑋，只能活一個。

第六十九章

終章（四）

IT MUST BE HELL

赫野站在船上，海風吹亂他的髮，叫人看不清他的表情。

「這次你真的想好了？」

他回過頭，看向說話的人，也是現在他身邊唯一的一個人。其他人不是被捕就是失散，就連最忠心於他的連西，也被他派去完成一個有去無回的任務。

從一開始的萬眾矚目，眾人跟隨，到現今如同喪家之犬一樣被人圍追堵截，只能想著辦法逃離，這其中的落差，便是赫野也沒有預料到。

「沒辦法啊。」他說：「畢竟這次的人，不是那麼好對付的。」

所以，只能破釜沉舟。

青蚨熄滅菸頭，看著他。

「早知道這個寧蕭不好惹，徐尚羽背景深，為什麼你一開始還要去招惹他們？」

「這讓我該怎麼回答？」赫野微笑：「該說是忍不住嗎？對於寧蕭，其實我真的是他的粉絲，最初只是想表達對他的崇拜，告訴他我喜歡他的小說。」

青蚨嗤笑。喜歡到把那個人的書全變成血淋淋的案件，讓原作者得了心理疾病，這種喜歡還真是讓人承受不起。不過他並沒有把心裡的想法說出來，畢竟赫野是個怎麼樣瘋狂的人，他們這些追隨者早就知道了。只是有時候他也覺得寧蕭可憐，好好地寫書，怎麼就被他們家變態BOSS看上了呢？

「你不贊同？」赫野彷彿看出青蚨的內心想法。「知道我為什麼只讀寧蕭的書嗎？」

青蚨誠實地搖頭。

「因為他寫得真實。」赫野說：「殺人犯一定是異類嗎？不，正因為他們也是有血有肉的普通人，所以才會嫉恨、憤怒，去殺死引發這些負面情緒的來源。很多人都將殺人犯視作異類，是與他們截然不同的人，但事實上，每個人都有成為凶手的可能。你不殺人，只是因為還沒有被逼迫到那種地步。」

赫野輕笑，聲音在海風中逐漸傳遠。

「這個道理很多人都不明白，寧蕭卻懂，叫我怎麼不生出惺惺相惜之情？」

就因為這個惺惺相惜，而將自己逼到不得不遠走逃亡的處境嗎？青蚨有時候也實在不理解赫野，世上沒有誰真正理解赫野。

他奪走別人的性命，不是因為心裡有怨恨，而是憐憫。

他操縱一起起凶殺案，把人命當作兒戲，卻會感嘆殺人犯也是常人。

他有自己的理念，並且為此對抗這個世上的主流觀念，逐漸建立起自己的團隊。而現在，他又為了一個小說家，而不惜毀掉自己親手打造的王國。

只能說，赫野實在不是一個正常人，他總是隨心所欲地擾亂這個世界。

青蚨想到這，隨即苦笑。願意陪這個瘋子折騰到現在，自己也早就不正常了。

「接下來你準備怎麼做？」他問。

「這世上沒有誰不是殺人犯。不殺人，只是因為還沒被逼到絕境。」赫野又將自己的話說了一遍，輕聲道：「寧蕭懂得這個道理，卻假裝忘記。那麼現在，我要讓他回想起來，你說對嗎？」

他露出一個溫柔的笑，卻讓青蚨看著膽寒。

「聯繫上徐尚羽了嗎？」

邢峰一鑽進來，就脫口問。

「沒有，自從十分鐘之前，徐隊將他身邊的人都撤走後，就不准我們再接近。」通訊人員道：「他也關閉了通訊。」

邢峰氣急。「這傢伙又想搞什麼！」

他看向寧蕭，這個人已經好久不說話了。然而邢峰卻還是將希望寄託在寧蕭身上，出於某種他自己也不清楚的原因。好像在這個時候，能夠明白徐尚羽在想什麼的人，只有寧蕭了。

最後的倒數計時，還有十五分鐘。

寧蕭睜開了眼。

「找到張瑋瑋的位置了嗎？」

「赫野布署了四、五個煙幕彈，我們已經一一排除了，現在正在鎖定最後兩個目標，快了。」

寧蕭點了點頭，又陷入沉默。

邢峰忍不住催道：「寧蕭，你想到什麼辦法了嗎?徐尚羽那邊，還有孩子那邊，你打算……」

「打算怎麼選？」寧蕭抬頭反問：「你是不是想問我，如果時間只允許我去拆除一個炸彈，我會在他們之中選擇哪一個？」

邢峰有些尷尬，但沒有否認。

這時，一直在旁邊的張七忍不住開口嘲諷道：「不管選哪個，總歸是要死一個的。」

車內所有人都看向他。

張七得意地笑道：「你們都說我瘋了，為了所謂的正義去殺人，那你呢？現在兩條命放在你面前選擇，你會選誰？無論選擇哪一個，你都是為了做出這個選擇而殺了另一個人。當然，人都是感情動物，你要真是選了那個小警察，也沒人會說你閒話。」他眼帶諷刺地看了車內眾人一眼。「至少在這裡，他們都希望你那麼選。」

「你……」邢峰深吸一口氣，忍耐著自己揮拳的衝動。

張七就是在嘲笑這些刑警的私心。不論公義，其實他們都希望徐尚羽能夠活下來。然而寧蕭如果真的這麼選了，就是親手殺死了張瑋瑋。為了自己的私情，犧牲一個孩子。這樣的寧蕭，和那些殺人犯有什麼區別？

邢峰擔憂地看向寧蕭，知道他現在正面臨著一個艱難的決定，現在心裡最難過的肯定就是他。正如張七所言，無論選擇哪一邊，都等於是寧蕭親手殺死了另一個人。

邢峰心裡發涼，暗道赫野真是會算計。他一定是在最初定下遊戲規則時就預見了這個場面，而他的目的就是為了徹底摧毀寧蕭。在經歷了三年前的事後，如果再有人因為自己而死，不知道寧蕭會不會崩潰。從容不迫地將寧蕭推落懸崖，這就是赫野最後的布局。

還有十三分鐘。

在車內所有人緊張的注視中，寧蕭終於再次開口。

「送我去張瑋瑋那裡。」

「顧問！」陸飛第一個跳了起來，焦急地看向寧蕭。

張七哈哈大笑。邢峰緊握著拳，上前攔住了陸飛。

「既然……」邢峰沙啞道：「寧蕭已經做出了選擇，那麼就按他說的做。」

陸飛紅著眼吼道：「隊長呢！沒有人在乎他嗎？他死了也無所謂嗎！」

「陸飛！」邢峰看著他，一字一句道：「我們是警察。」

邢峰又說了一遍：「我們是，警察！」

當初進入這個行業的時候，大多數人就已經做出了選擇。如果有一天，在天平上放上他們和普通人的性命，加以選擇，那麼天平會傾向哪一邊，是早就預料到了的。

因為是警察，所以放輕了自己的性命。

陸飛忍不住低吼一聲，重重捶打車窗，不去看寧蕭一眼。即使他心裡清楚，但是當朝夕相處的隊長真的被放棄的時候，他心裡仍舊是忍不住悲憤。他們也是人啊，也是有血有肉、會哭會疼、有著家人愛人的普通人啊！為什麼，為什麼要被迫做出這樣的選擇！

邢峰拍拍陸飛的肩膀，低聲道：「不要怪他。」

說完，便帶著寧蕭離開了車內，向張瑋瑋的所在處轉移。

從始至終，寧蕭除了開口說出那兩句話，就沒有再發出任何聲音。他的臉上無悲無喜，沒有人知道他現在究竟是什麼心情。邢峰出聲安慰道：「如果徐尚羽在這裡，他也會這麼選的。」

寧蕭側頭看了他一眼，緩緩地點了點頭。隨後目光又投向遠方，不知道在想些什麼。

倒數計時十分鐘。

赫野看著剛剛收到的消息，有些訝異地眨了眨眼。

「你這樣不會後悔嗎？」

不知道在與誰輕聲低語，他看向海面，低聲地問。

倒數計時九分鐘。

張瑋瑋被連西催促著穿上一件外套，心裡忐忑不安。

連西看著他道：「放心吧，你運氣很好。」

什麼意思？張瑋瑋聽不懂這句話，只是懵懂地和她一起看向路口。真的會有人來接他嗎？徐叔叔和寧蕭哥哥，會來一起接他回家嗎？

倒數計時，八分鐘。

徐尚羽站在橋頭，看著空曠的大橋。寂靜得嚇人的街道，就像是拍攝喪屍片的末日場景。然而徐尚羽知道，就算是末日，這也只是他自己一個人的末日。

此時此刻，他想起了很多。初進警隊以來所偵辦的每一件案子；與寧蕭的相遇，兩人一起辦案；身分被赫野發現後，不得已假裝背叛；以及支撐著他三年的，心中對赫野的仇恨。

直到現在，他在這世上只剩最後八分鐘的生命。徐尚羽清楚地知道寧蕭會怎麼選擇，就像是他也清楚地明白自己的選擇一樣。他靠近大橋欄杆，最後望了一眼天空。

想起當初進警校時，父親對自己說的話——

當一個好警察。

他回頭望向不遠處車內的炸彈，時間正毫不留情地流逝。

倒數計時，五分鐘。

寧蕭看著對面的張瑋瑋，以及站在他身後的女人，知道這是自己做最後選擇的時刻，不能再後悔。

也就是在這時，他聽到了刑警們傳來的消息。

「邢隊！剛才監視組傳來消息，徐隊、徐隊他……」傳話的刑警聲音有些哽咽。「徐隊跳下了橋，提前引爆了炸彈！」

徐尚羽……

寧蕭微微抖了一下，僵住不動。

那一刻，他彷彿聽到熟悉的聲音在耳邊響起。

如果這是一場殺人遊戲——

那麼，寧蕭知道，是自己殺死了徐尚羽。

第七十章
終章（五）
IT MUST BE HELL

寧蕭站著，猶如一座雕像。

冷風呼嘯著割上臉，他卻無動於衷。邢峰站在他身側，偷偷打量著寧蕭的表情。只見他嘴唇微微抿起，好似用盡了全身的力量，又似乎在隱忍克制著什麼。

這樣的寧蕭，邢峰是第一次見到，就像是站在懸崖之上，搖搖欲墜。

「寧蕭……」即使是這種時刻，邢峰也不得不控制著自己情緒，提醒他。

「還有五分鐘。」

離炸彈爆炸還有五分鐘，而張瑋瑋還沒獲救。

寧蕭睜開眼，黑色的眸子看向對面的女人。明明沒有帶著多少情緒，卻讓連西不由地冷顫一下。

她握了握拳，努力鎮定自己的情緒，將張瑋瑋推了出去。

「你贏了，這個孩子歸你。」

「炸彈呢？」

「他身上根本就沒有炸彈。」連西說。

什麼！

邢峰忍不住握緊拳，狠狠瞪著那個女人。赫野讓徐尚羽背負了那麼多的危險，讓寧蕭被迫做出痛苦的抉擇。然而到最後竟然告訴他，炸彈不存在?!

寧蕭是為什麼要白白忍受這些，徐尚羽又是為了什麼送命！就因為赫野一個滑稽的玩笑嗎？

旁邊的刑警都恨不得要衝上去，將那個女人大卸八塊，卻被寧蕭攔住。

「瑋瑋身上沒有炸彈。」寧蕭看著她。「那妳呢？」

連西嫣然一笑。

「果然如BOSS所說，根本瞞不過你。」她說著解開外套，一套炸彈赫然正捆綁在身上，上面的倒數計時器觸目驚心，「如果你想解除它，就一個人過來。」

還有三分鐘。

寧蕭看著這個綁著炸彈的女人，突然明白了赫野的計畫。

從一開始，這就不是一場公平的遊戲。赫野告訴他有兩個炸彈，卻又故意誤導分散他和徐尚羽。引動了全市大部分警力，將整個城市弄得人心惶惶。但是他的目的不是為了玩這個遊戲，而是從容脫身。想必現在他正在某個安全的地方，已經做好了離開黎明市的準備。而寧蕭和徐尚羽，一直就在赫野的計算中。

張七被捕，並為他們做技術輔助，給了張七祕密聯繫赫野的機會；炸彈一定要寧蕭親自解除，阻礙了他參與其他事情；徐尚羽單槍匹馬，將他困在最危險的境地。

這一盤棋，赫野一開始就沒打算輸！

寧蕭慢慢走近連西，在她的指導下解除炸彈。從頭至尾，他不能分神，一旦出錯，這裡所有人都性命不保。

「你真的很聰明。」連西看著他。「但是最後的勝利者，還是BOSS。」

寧蕭低著頭，沒有說話。

黎明市海港。

「我們就這麼走了？」青蚨看著船漸漸駛離。

因為追查炸彈的緣故，現在整個港口沒有任何警力。他們準備充分，輕而易舉地躲避開海關的視線。只要抵達公海，赫野就徹底擺脫警方的追捕了。

赫野站在船頭，身為勝利者的他皺著眉，臉上沒有一絲快意的表情。因為他明白，自己這一局並沒有贏，而是被寧蕭和徐尚羽二人逼得背井離鄉。如果不是他們緊追不捨，他又何必使出這一招，兩敗俱傷。想起徐尚羽，他隱隱有些遺憾。那麼一個人就這麼輕易地死了，未免也有點可惜。

他想了想，還是決定再問仔細一些。

「青蚨，叫張七調那邊的監控。」

海風陣陣，卻沒有人回答。

「青蚨？」

赫野轉身，驟然發現甲板上除了他自己，竟然沒有其他人。剛才還在這裡和他說話的青蚨，已經不見蹤影。空曠的海面上，只有船航行時發出的馬達聲音，格外詭異。

赫野眸子沉了沉，一隻手伸向懷中掏槍。

「真是不聽話。」

一道聲音響起，同時冰冷的金屬觸感抵上他的太陽穴。

「都這個時候了，還打算反抗？」

這個聲音是——

赫野猛地轉身，看見一個好似從地獄中爬出來的人影。

「……是你。」

最後一分鐘。

連西看著低頭解除炸彈的人，卻見他突然停下了動作。

「全部退下！」寧蕭突然大喝一聲。「帶著瑋瑋離開，越遠越好。」

邢峰不知所措。「怎麼回事？寧蕭……」

「快走！」寧蕭道：「回去再告訴你！」

看著他嚴肅的表情，邢峰頓了下，隨即讓刑警們帶著張瑋瑋撤退。他一邊撤離，一邊回頭看向寧蕭。只見寧蕭站起身，不再進行炸彈拆除的步驟，只是和那個女人冷冷對視。

連西笑問：「不拆彈，你是想要和我殉情嗎？」

寧蕭道：「放心，就算殉情，也不是和妳。」

「那為什麼你要讓他們離開，自己留下卻又不拆彈？」

「我也想問妳。」寧蕭看著她。「按照妳說的，真的能拆除炸彈？」他視線尖銳，彷彿能看透一切偽裝，「而不是在某個地方引爆另一顆？」

連西一僵，眸光轉冷。

「你不相信我？還有幾十秒，我們看這顆炸彈究竟會不會爆炸。」

倒數計時器上的數字還在不斷減少，三十，二十九，二十八……

寧蕭看著那不斷跳躍的紅色數字，突然露齒一笑。

「想急著拆彈的，恐怕不是我了。」

這是什麼意思？連西臉色一變。

與此同時，同樣的倒數計時還在另一個地方進行著。

赫野看著眼前人，眼中閃過微微的錯愕。

「你竟然沒有死，徐尚羽。」

被他點名的人此時一身狼狽，身上的傷口裂開，浸泡著海水痛得令人齜牙咧嘴。然而他卻露出一臉歡快的笑容，看向赫野。「不看著你走在前面，我怎麼捨得去死？」

這是一個局中局。

寧蕭和徐尚羽，有一個其他人不知道的祕密通訊頻道。那是徐尚羽假裝投靠張七前，兩人提前做好準備，植入耳垂中的。

在外人看來寧蕭一直沉默著，但其實他是在聽徐尚羽跳橋前留下的資訊。

「炸彈有可能是個幌子，赫野準備撤退了。」

「我必須詐死。」

「趙雲已經暗中準備好在橋下接應我，到時候我會偽裝爆炸，直接去找赫野，他應該就在大橋附近的港口。」

「小心另一顆炸彈。」

「等我回來，寧蕭。」

倒數計時二十八秒。

「另一顆炸彈究竟在哪？」用槍抵著赫野，徐尚羽逼問。

「在哪？」赫野笑笑。「寧蕭不正在拆彈嗎？」

「他沒拆。」徐尚羽道：「如果你不說實話，他不會拆彈。而我身上的這顆炸彈也會在不久後爆炸。到時候你我都會粉身碎骨，到海裡餵魚。」

二十秒。

赫野的眼神微微閃動，「值得？」

「值得。」徐尚羽淡淡道。

「為了那些殺死你養父、蔑視你的出身的人？」

「我父親，並不是屈辱地死去。」徐尚羽道：「他作為警察，維護自己的尊嚴而死，至死都在履行他的道義。他不是被他保護的人殺死，殺死他的人，是你。」

最後十秒。

「如果我不說實話呢？」

「那就一起死。」

徐尚羽的眼中沒有絲毫退縮，他就這樣直直瞪著赫野。

九，八，七……

「連西。」

赫野打開通訊，「解除引爆裝置。」

正在和寧蕭對峙的連西，聽到耳機裡的命令，不由錯愕，但是她從來不敢違背赫野，在最後三秒，解除了引爆。

紅色的數字，就那樣停留在刺目的「3」上。

徐尚羽笑了笑，將已經失去定位能力的炸彈隨手扔在甲板上。「真正的另一顆炸彈在哪？」

「市政府，辦公室二樓。」赫野回答：「如果寧蕭用連西的方法拆除炸彈，那市政府的那顆炸彈，就會在他按下的那一刻引爆。」

然後，寧蕭就將真正成為奪走數百條人命的罪魁禍首。

「本來我想這樣逼迫他，讓他來投靠我。」赫野笑道，「沒想到還是被你們看穿，更沒想到你會單刀赴會，用自己的命和我陪葬。你身邊的這顆的確是真炸彈，如果剛才我沒有妥協，它就會爆炸。」

徐尚羽聳了聳肩，不以為然。

「你不後悔？」赫野道，隨即又為自己的問題失笑，「是的，你和寧蕭都不會後悔。你們這種人，為了自己的執著，哪怕送命都在所不惜。」

他輕輕笑道：「看來這一局，我贏不了。」

徐尚羽將他綁在船邊，又將被自己襲暈的青蚨扔到不知何時駛到附近的救生筏上，牢牢綁住。

「疏散市政府大樓所有人，帶拆彈專家過去。」徐尚羽對著小艇上待命的趙雲吩咐，直到搞定了一切，才回頭看向赫野。這個一向風光無限的人，此時似乎有些頹靡。

「殺了我。」赫野突然道，他低著頭，陽光照射下的陰影落在臉側。

徐尚羽搖頭。「我不會動手，你將回去接受審判。」

「審判？」赫野抬起頭，望著他。「誰有資格審判我？」

他漆黑的雙眸，閃現著瘋狂的怒意。徐尚羽還是第一次看到他這麼生氣的模樣，不由一愣。

「是那些政客、偽君子，用他們所謂正義來審判我？還是那些什麼都不懂的愚民，被政治操縱的屠夫，用他們的淺薄可笑的觀點批判我？」赫野的瞳孔冷得令人發寒。「如果非要這樣侮辱我，不如現在就殺了我。」

「很抱歉。」徐尚羽看著他，「你就老老實實地接受那些偽君子的審判吧，這是你欠我的。」

徐尚羽毫不留情，他清楚地知道對付赫野最好的方法不是殺死他，而是讓一群他瞧都不瞧在眼裡的人，去定他的罪。對於這個驕傲的人來說，這是比死亡更甚的折磨。

赫野不再說話，只是冷冷地看向徐尚羽。

「隊長怎麼還不下來？」

救生艇上，幾名刑警小聲問著趙雲。「和那個瘋子有什麼好說的？」

趙雲搖了搖頭，看向甲板之上，心裡卻帶著一絲憂慮，總覺得遺漏了什麼。

「趙雲。」

正在此時，通訊器響了起來，裡面傳來寧蕭的聲音。「你那邊怎麼樣了，徐尚羽他……」

趙雲拿起通訊器正欲回答，然而一轉頭，便看見鋪天蓋地的一片白芒。

那光芒，恐怖、炙熱，像是死神的冠冕。

「滋滋滋滋——」

通訊器裡傳來刺耳的雜訊。在那陣嘈雜之前，寧蕭似乎還聽到了一聲恐怖的聲響。他的心跳漏了一拍，試圖再聯繫那邊的人，卻毫無所獲。

「怎麼了？」邢峰正在押解連西，看見他的表情，還沒來得及多問，一旁的連西已經發出了一聲冷笑。

轟隆隆隆！

下一秒，整個黎明市的人，都看見了市中心一股直沖而上的劇烈火焰！

炸彈，爆炸了！

寧蕭看著那團火焰，腦海中一片混亂。引爆的開關不只一個，赫野怎麼可能不給自己後路。他最後的一招，便是魚死網破。

硝煙瀰漫，四周的人亂成一團，寧蕭耳中聽到人們驚慌的哭喊，卻不知自己身在何處，等到回過神時，才發現自己正在向港口跑去。爆炸的時候，徐尚羽和赫野在一起，那是離第二個爆炸點最近的地方！

他要確認徐尚羽的生死，要知道那個傢伙是否還平安無事。

一路上，寧蕭不斷地用兩人的通訊裝置嘗試聯繫徐尚羽，但是傳到耳邊的只有無盡的沉默。

當他好不容易跑到港口，看到的就是不遠處的海邊上，那艘熊熊燃燒的船隻。那妖嬈的紅色火焰，刺得他眼睛生疼。

四周是匆匆趕來的消防隊員，傷患不斷地被從海邊抬上岸。寧蕭在裡面尋找，卻沒有找到希望看到的那個人。

終於，他看見一張熟悉的面容。

那人渾身焦黑，正在被抬上救護車。

「喂，那邊是重傷患，不能隨便亂闖！」救護人員攔不住寧蕭，他已經衝到擔架前。

「顧、顧問……」被炸得面目全非的人尚有一絲神智，他睜著充血的眼看向寧蕭。

「徐尚羽呢，你們徐隊呢？」寧蕭問。

趙雲沒有回答，只是悲痛地看著他。臉頰上，劃出兩道烏黑的水跡。

寧蕭的心逐漸冰冷。

接下來發生的事，寧蕭都有些渾渾噩噩的，直到後來邢峰來了，他才清楚其他各地的消息。由於徐尚羽通報及時，爆炸發生的時候，市政府和附近的人員已經疏散得差不多。除了負責維護現場的警察，並沒有其他人死傷。而受傷的平民，也大多是被炸彈的衝擊波波及，傷情並不嚴重。

港口的爆炸更由於是發生在海面，除了趙雲他們幾個刑警外，沒有任何人受傷。

三死十五傷，這就是這一次爆炸的全部己方損失。而其中一個死亡名單，警隊填上了徐尚羽的名字。

爆炸發生得太近，離爆炸點幾乎是零距離的徐尚羽，連屍體都找不到，沒人覺得他有生還的希望。

只有，一個人除外。

寧蕭被封為此次爆炸事件最大的功臣，要不是他，可能還會有更多的死傷。政府授予寧蕭諸多獎賞，媒體一天到晚在探聽他的消息。然而沒有人知道，這個英雄坐在亂石林立的海邊，常常望著大海就是一整天。

事件結束後兩天，寧蕭還是會花一下午的時間坐在港口，他獨自一人，從早晨待到夕陽落幕，沒有人敢打擾他。

邢峰有時候會去找他，告訴他一些最新的進展。

「上面已經撤銷了赫野的通緝令。」邢峰說。人已經葬身大海，自然沒有再發布通緝的必要。

「連西和季語秋即將接受審判，張七越獄了，我們正在調查。」

「對了，趙雲剛從重症病房裡轉出來，已經沒有生命危險。」

他看著毫無反應的寧蕭，深吸一口氣，道：「……徐尚羽的告別式，在一週後舉行。」

見眼前的人依舊沒有動靜，邢峰嘆了口氣，無可奈何地離開。

寧蕭不與人說話，已經整整兩天。

與赫野的對決終於結束，他卻沒有感受到絲毫的放鬆，只覺得了無意趣。媒體拚命地挖掘徐尚羽的身世，從他的出生到成長，絲毫不放過任何資訊，把他的血與淚、他曾經努力隱瞞不想為人所知的過去，都分毫畢現地展示在世人面前。警隊給徐尚羽立下特等功，就連總是與徐尚羽勢同水火的一些警司，也對著攝影機流下眼淚。從一個出身頗受爭議的「死人」身上，許許多多人從中牟利。

寧蕭現在有些相信赫野說的那句話。

這個世上沒有誰乾淨，沒有誰有資格去審判另一個人。

所以他現在，他索性什麼都不去想，只反反覆覆地想著一個人。

第一次與徐尚羽見面的時候，那人毫不留情地將手銬銬了上來，在詢問室問話還藉機調戲自己。現在想來，那個時候的徐尚羽應該是知道他的身分的，那麼他做這些，是為了什麼呢？

寧蕭回憶著，又想起在這次行動之前徐尚羽的一句話。

「其實最早的時候，我是不太喜歡你的，可是後來卻越看越順眼，大概是荷爾蒙的作用吧。」

男人和男人之間有什麼荷爾蒙！寧蕭記得，自己當初是這麼回的。

「不是肉體的荷爾蒙。」徐尚羽笑道：「是靈魂的那種，就覺得好像只有你懂我，知道我真正想要的是什麼。」

無比契合的默契，彷彿是生下來本該為一體，卻被造物主生生地分裂成了兩半。

如今，則是生死兩隔。

「等我回來，寧蕭。」

我等你。可是你會回來嗎？

一下午的時間，又悄悄流逝。寧蕭站起身來，拍拍身上的塵土正準備回去。突然，他耳垂內的隱藏通訊器傳來嗡嗡的聲響。

隨即，聲音逐漸清晰。

一句一句地聽著，寧蕭渾身僵硬。

「……老頭，海裡有一個人……岸上來了……」

「還有氣嗎？」

「有……快拉上來！」

聲音模糊不清，還夾雜著許多雜音。而這個世上，只有一個人的通訊器能聯上寧蕭的這個！

通訊器只有本人才能打開，只要有些微的意識，便可以按下藏在耳垂內的通訊器與對方聯絡。

是徐尚羽，是他！

哪怕是昏迷之中，徐尚羽第一個聯繫的人依舊是寧蕭，告訴寧蕭，他回來了。

寧蕭忍不住狂奔，夕陽落在身後。而他等待的那個人，終於回來了。

歡迎回來。

只要有你在，這個世界便不是地獄。

——《我準是在地獄04》完

——《我準是在地獄》全系列完

高寶書版集團
gobooks.com.tw

BL036

我準是在地獄04(完)

作　　者　YY的劣跡
繪　　者　mine
編　　輯　林思妤
校　　對　任芸慧
美術編輯　彭裕芳
排　　版　彭立瑋
企　　劃　方慧娟

發 行 人　朱凱蕾
出　　版　英屬維京群島商高寶國際有限公司臺灣分公司
　　　　　Global Group Holdings, Ltd.
地　　址　臺北市內湖區洲子街88號3樓
網　　址　www.gobooks.com.tw
電　　話　(02) 27992788
電　　郵　readers@gobooks.com.tw（讀者服務部）
　　　　　pr@gobooks.com.tw（公關諮詢部）
傳　　真　出版部　(02) 27990909　行銷部 (02) 27993088
郵政劃撥　50404557
戶　　名　三日月書版股份有限公司
發　　行　三日月書版股份有限公司/Printed in Taiwan
初版日期　2020年4月
二刷日期　2021年1月

國家圖書館出版品預行編目(CIP)資料

我準是在地獄 / YY的劣跡著.-- 初版. -- 臺北市：高寶國際, 2020.04-
冊； 公分. --

ISBN 978-986-361-822-5(第4冊：平裝)

857.7　　108010401

三日月書版

三日月書版

GOBOOKS
& SITAK
GROUP©